Некромант в планы не входит

Olena Shevtsova

Published by Olena Shevtsova, 2024.

НЕКРОМАНТ В ПЛАНЫ НЕ ВХОДИТ

First edition. July 16, 2024.

ISBN: 979-8227158253

Written by Olena Shevtsova.

Содержание

ГЛАВА 1 – Фамильяры бывают разные, но если ваш фамильяр белка…

– Стой, поганка мелкая! Прибью! Честное слово, прибью! А ну, отдай мне волос немедленно! Зараза рыжая! – с моих губ срывались исключительно замысловатые фразы, которые вряд ли можно было бы назвать вежливыми или умными изречениями, достойными благовоспитанной леди. Но я же ведьма! Мне можно, особенно когда эмоции бурлят и требуют выхода.

Я ворчала и ругалась, скрючившись в три погибели, пытаясь протиснуться под узкий каменный прилавок. Мало того что эта задача не из лёгких сама по себе, так попробуй ещё выковырять из узкой щели, расположенной в самом дальнем углу, рыжую нахальную белку, которая украла у меня волос единорога и спряталась там, злобно сверкая на меня своими глазищами.

– Хватило же ума взять себе белку фамильяром! – возмутилась я на саму себя. А кого здесь ещё можно винить? Только себя родимую! Зверёк понравился… – Да ты знаешь, что я за этот волос степному орку жменю цветков синего папоротника отсыпала?!

– Не отдам! – прошипела в ответ Рыжая, тряхнув головой, не особо впечатлившись моими словами. Она ещё глубже вжалась в щель и любовно прижала к своей пушистой белой грудке длинный сверкающий волос из гривы единорога, зажатый в маленьких беличьих лапках.

– В следующий раз сама пойдёшь в полнолуние на погост! Будешь там цветки синего папоротника искать! – зло проворчала я, чеканя каждое слово и прищурилась. На языке вертелись и другие нецензурные фразы, но стоило попробовать достучаться до жадного сознания моего фамильяра по-хорошему. Ну, почти по-хорошему… Задача не из лёгких, но иногда решаемая. – Да пойми ты! – рыкнула я и возмущённо ударила ладонью по деревянному полу. – Если мы зелье для старосты не сварим в точно оговоренный срок, он нас такими налогами дополнительными обложит... – я зло выдохнула. – И ведь не только это! Это всё цветочки! Старый жлоб опять будет пускать слух по селению, что ведьмы им тут не нужны и что от ведьм все беды. А ещё с большим удовольствием напишет донос в пресветлый храм — там, между прочим, инквизиция обосновалась. Давно мы с тобой от "добрых" людей, которые хотели нас на костре сжечь, не бегали?

– Так отдай ему какую-то из склянок с готовым уже зельем, как раньше, пусть отвяжется от нас! Вон их сколько у тебя! Красненькие, зелененькие... – возмутилась белка. – Он в них всё равно ничего не понимает! Сама говорила, что сила самовнушения очень много значит для человека! Порой исцеляется тот, кто просто верит в успех и волшебство. Вот пусть сам себе и внушает, что излечился от своих мужских проблем, – проворчала обиженно Рыжая, а сама покосилась на волос, который держала в лапках, и клацнула зубами. – Разве можно такую красоту в зелье? Это же святотатство! Ты посмотри, какой он красивый, какой блестящий! У-у-у... – у неё даже голос изменился, задрожал от восторга. – Не отдам!

– А ну, иди сюда, клептоманка мелкая, – прошипела я, усерднее втискиваясь между ножек прилавка и пытаясь пролезть ещё дальше, чтобы наконец дотянуться до её уютного убежища.

Протянула руку, попыталась схватить за пушистый рыжий хвост. С досадой почувствовала, как тонкие шёлковые волоски проскользнули между моих пальцев, а Рыжая ещё глубже вжалась в своё вынужденное убежище и оскалила на меня резцы. Даже зарычала!

Надо же, на кого зубы скалит и не боится главное!

Я просто умилилась от такого зверского выражения на беличьей мордочке. Ей-богу, оборотень бы увидел, позавидовал бы, даже они так профессионально скалиться не умеют. Выразить в одном выражении мордашки всю тщетность бытия, обиду, жадность и угрозу: "только попробуй забрать, палец откушу!"

Да, у меня талантливый фамильяр! В следующий раз на погост с собой возьму, буду умертвий ею пугать. Почему мне такая умная мысль пришла только сейчас? Тут талантище пропадает, а я одинокий бег с препятствиями практикую...

– Моё! – завизжала Рыжая, переходя на ультразвук. У меня даже глаз задёргался. Она визжала, и пытаясь лапами подцепить свой хвост, чтобы спрятать его от меня подальше.

– Твоё? – возмутилась я. – Да я полночи через могилы прыгала, играя с местными упырями в догонялки. В детстве так не бегала! А потом до утра на высоченной сосне просидеть в обнимку со стволом дерева, ожидая рассвета, как тебе? Ты же знаешь, что я высоты боюсь! А ну верни волос, поганка мелкая! Мне до вечера зелье "Силы" сварить нужно!

– Так вари! Чего ты ко мне прицепилась? Видишь, тебе есть чем заняться, – резонно заметила она. Рыжая нахалка одной лапой держала свой хвост, а другой — волос единорога, всё это любовно прижимая к своей груди. – Он мне в коллекцию нужен, а ради меня ты второй раз на погост не пойдёшь, чтобы цветов папоротника насобирать, а потом выменять их на ещё один волос единорога у орков. Знаю я тебя, что тебе страдания бедного, маленького фамильяра! Никто меня не любит... – жалобно захныкала паршивка.

– Что значит вари? – моему возмущению не было предела. – Зелье без волоса единорога силу мужскую этому пню трухлявому и озабоченному, ещё в придачу старому и противному, не восстановит, – я зло прищурилась. – Думаешь, он такой маленькой детальки не заметит, когда по бабам пойдёт эффект проверять? Ещё больше на меня обозлится! Я, конечно, в прошлый раз поубавила ему и его подхалимам пыл в вопросах вредительства ведьмам, но кто сказал, что ему ума не хватит вызвать инквизитора прямо сюда?

Не хочу с места срываться снова, места тут хорошие, тихие, никто лишних вопросов не задаёт... Почти не задаёт, – вздохнув, поправила себя и, усмехнувшись, произнесла. – А главное — родственнички любимые не могут меня здесь найти. Им и в голову не придёт меня в такой глуши искать. А в бега опять подаваться из-за твоей жадности? Забыла, как мы с тобой по лесам да оврагам ночевали с одной коркой хлеба на ужин? Надоело! Это ты шишками перекусить можешь, а я нет!

– За папоротником ещё раз пойдёшь? – моя белка сначала любовно покосилась на волос в лапе, а потом зло и обиженно посмотрела на меня.

– Совсем сдурела? – у меня даже глаза от такой наглости фамильяра расширились и челюсть отвисла. – Меня в прошлый раз лесоруб с сосны два часа снимал. Представь себе, не мог мои руки от дерева отцепить. А когда от ствола отодрал... я потом за каждую ветку цеплялась! Мужик надолго это запомнил! И я тоже! Теперь мне всю его немаленькую семью бесплатно лечить приходится и сглазы снимать. А они, как назло, прямо нарываются на неприятности! Вот оно мне надо? Теперь после каждого "чиха" ко мне бегут!

– То есть, в теории от умертвий побегать ты не против. Вся загвоздка в деревьях? – сделала эта поганка свои выводы. – Знаешь... Я тут подумала, ты просто не в ту сторону побежала. В следующий раз от погоста не в сторону леса беги, там, где деревьев много, а в поля. Проблема решена! Нет дерева – нет страха высоты, нет проблемы! – задумчиво произнесла Рыжая и так нагло посмотрела на меня, словно уже всё решила за нас обоих. Я аж закашлялась, чуть не подавившись от возмущения!

– А может, ты сама туда сходишь? Вместо меня? Я не злая, я тебе даже путь укажу, могу и проводить! Пнуть под хвост для ускорения! – возмутилась я, активнее втискиваясь под прилавок и переворачиваясь на бок, так будет проще пролезть.

НЕКРОМАНТ В ПЛАНЫ НЕ ВХОДИТ

– Ты что? И свою благородную шёрстку испортить в той грязи и пыли? – Рыжая отрицательно покачала головой. – Я твоим внешним видом в прошлый раз налюбоваться успела. Домой пришла под обед: грязная, злая, волосы спутанные, в них ветки торчат, ещё в придачу иголки сосновые и листья дубовые. И всё это богатство в разные стороны торчит. Нет, я, конечно, всё понимаю, экстравагантно, но... А одежда? Вся изодрана, в дырах, на лице грязевые разводы. Красавица! Натуральная ведьма! Хоть портрет пиши и сразу к эльфам на выставку... – хихикая, произнесла Рыжая. – Слушай... А это ведь идея! Вот тогда ты образу тёмной ведьмы полностью соответствовала! Можно сказать, оправдала ожидания! Может, и правильно, что ты решила именно этот образ на себя примерить? – задумчиво проговорила она. – Ты, кстати, заметила, что у тебя после этого случая и клиентов побольше стало? Делай выводы!

– И не жалко тебе хозяйку свою? – мрачно спросила я Рыжую поганку.

– Жалко, – вздохнула Рыжая бестия, щёлкая зубами. – Но волос единорога мне жальче больше! Он один... пока что. Ох, бедная я несчастная... Никто меня не любит...

– Ну всё, достала, – я, наконец, втиснулась под прилавок и сделала резкий бросок вперёд, чтобы схватить эту мелкую нахалку.

Рыжая мелочь взвизгнула, подскочила и, перепрыгнув через мою руку, вывернулась, сделала сальто в воздухе, показывая чудеса акробатики, и нырнула в следующий проём прилавка, унося с собой волос единорога. Мне пришлось, словно змея, ползти между ножек, стеночек и полочек, чтобы попробовать её догнать.

А главное, что обиднее всего... ведь не сломаешь этот чёртов прилавок! Эксклюзивная каменная постройка от гномов из Серединных земель, сделано на века. Всё предусмотрено: полочки, стоечки, места для схрона в случае неожиданного появления инквизиции. Вот только почему они не предусмотрели такие нестандартные ситуации?

Да потому, что это только мне так везёт! У других фамильяры вменяемые, клептоманией не страдающие!

Я — Айвана Родериг, ведьма в двадцатом поколении, Высшая Ведьма Ковена рода Родериг, для друзей просто Айка. Только вот этих друзей у меня раз-два и обчёлся. Даже с родственниками, точнее с бабушкой своей, умудрилась поругаться. А попробуй тут не поругаться, когда тебя за некроманта замуж выдать пытаются. Ну и что, что мы с ним суженые. Вот радости среди умертвий жить...

Они же, некроманты, на всю голову больные, с фантазией у них туго и замки, в которых живут, все мрачные как на подбор, холодные и неуютные, из слуг — только зомби. Некроманты предпочитают минимизировать вокруг себя прислугу из живых, тёплых людей, ссылаясь на специфику своей магии и желание жить в тишине.

Ага, как же, так мы им всем и поверили. Просто любой вменяемый человек предпочитает общество себе подобных, вполне живых существ, а не холодных ходячих трупов. Вот от них — некромантов и бегут, словно от пожара или стихийного бедствия. А эти мрачные типы придумали для себя вот такое оправдание и утешение. Правду признавать никто не хочет! Особенно если она болезненная. По крайней мере так говорила моя учительница по мелкой нечисти.

И вот как жить с таким мужем? Я лес, природу люблю, а он... Вот уж действительно две половинки одного целого... Как Богиня Ведьма могла такое допустить, чтобы моим суженым некромант оказался? А ей, бабушке моей, видите ли, правнучку подавай, наследницу ведьминского рода Родериг. Причём срочно! Ибо внучка надежд не оправдала!

НЕКРОМАНТ В ПЛАНЫ НЕ ВХОДИТ

А с рождением детей у нас, ведьм, туго, только от суженого родить можем. У некромантов, собственно говоря, такие же проблемы с деторождением. Именно из-за этого нас мало!

Надо же было богам так разгневаться на нас обоих, чтобы связать его с вредной и эгоистичной ведьмой, а меня — с холодным и тоже эгоистичным некромантом. Наши жизни сплелись в одну ниточку.

Я тоскливо посмотрела на запястье своей руки, на котором красовался потемневший по контуру, красивый и изящный узор чёрной лилии, оплетённой зелёным плющом. Знак рода Мерстинов и Родеригов. И ведь не сотрёшь, не выжжешь, боги свой выбор сделали, и он обжалованию не подлежит. Боги...

Они соединяли, на их божественный взгляд, наиболее подходящие друг для друга пары, одарённые силой. Ну правильно, они соединили, а мучиться всю жизнь нам!

И где только я проштрафиться успела? Вроде зла не творила, мать моя, богиня Ведьма, за что же прогневалась на меня? А ты, мать Природа? Жила в добре, горя не знала... ну... мелкие пакости делала, язвила... но я же ведьма! Природа у нас такая!

А сейчас вынужденно проживаю в забытом богами маленьком городке Урус у самого края людских земель. Эти земли граничат с владениями степных орков, поэтому на улицах мелких городов встретить зеленомордого не такая диковинная редкость, как в центре человеческого царства.

Народ тут стрессоустойчивый, к различным неприятностям привычный. Так что появление одной маленькой ведьмы в их городке они вынести смогли и постепенно даже привыкли ко мне и смирились. Поначалу в штыки воспринимали, даже на костре спалить хотели, но то больше по научению старосты. Злобный и противный тип...

Пришлось мне особенно активных людишек проклятиями разного рода наградить, чтобы активности у них поубавилось.

Потом две недели вокруг моей лавки круги накручивали, обхаживали, чтобы сняла волшбу, задабривали как умели. А я добрая... почти! Как третья неделя от наложения проклятия пошла, так и пожалела. Я ведь действительно совсем не злая, даже наоборот — добрая, где-то там внутри, глубоко так внутри, если хорошенько покопаться и поискать совесть.

А вот со старостой дела обстоят хуже, пришлось общий язык искать, хоть особо не хотелось. Долго мы друг на друга косились, а потом я с духом собралась и пришла к нему в гости со своей настойкой из мухоморов, так сказать, познакомиться и, наконец, поговорить по душам. Что же, общий язык мы в конечном итоге нашли, хоть под утро меня дичайшая головная боль мучила. Так и договорились, что я изредка по мелочи буду общественно полезные заказы выполнять во благо городка, а он о моём присутствии забудет. Точнее сделает вид, что всё так, как и должно быть.

Только рожа эта хитрая, ещё и для себя в личных целях по мелочи всё выпрашивать стал. Делать было нечего, согласилась и на это, но в отместку полностью головную боль с него тогда не сняла. Запомнил гад!

Вот сейчас он за вдовой купеческой приударить решил. Она женщина видная, в теле и при больших деньгах. Главное, сама осталась одна, так сказать, одинёшенька, и он холост. А куда женщине в таких местах диких самой жить? Она же не ведьма, как я. Это староста так рассуждает. Правда, этот козёл в человеческом обличии первое время и в мою сторону косился, но всё же решил не рисковать, и я с облегчением выдохнула...

А сейчас этот "хороший" человек решил совместить приятное с полезным. Да только дама требовательная оказалась, а он в возрасте том, когда глаза ещё хотят, а остальные части тела и органы через раз работают. Но от денег отказываться-то не хочется, и в грязь лицом упасть тоже не особо хочется, вот он ко мне и пришёл за помощью. А точнее поставил перед фактом и нагло шантажировал!

Пришлось торговаться...

К чему мы пришли? Я ему зелье со специфическим эффектом и неразглашение этой информации, а он мне постоянный патент с налоговой скидкой и лавку в постоянное владение, а не за арендную плату, как сейчас. Ну а если нет..., то костёр или застенки пресветлого храма. Инквизиторы народ специфический, мало ли что им в голову придёт, могут сразу на костёр, а могут сначала в пыточные камеры определить

Ни первое, ни второе меня особо не прельщало.

Пока я, как змея, по полу ползала, Рыжая шустро выскользнула из-под прилавка и ломанулась со всех лап в сторону входной двери. Я за ней следом побежала, когда смогла, наконец, освободиться из каменного плена своего прилавка.

– Стой, зараза!

– Пи-и-и...

Я почти схватила её за хвост! Но... Дверь резко распахнулась, впуская внутрь нежданных гостей. Ко мне пожаловали староста, его купчиха и тот самый лесоруб, который меня с ели недавно снимал. Остальной народ остался стоять на улице, только испуганно заглядывал в мою лавку.

Я сначала опешила и резко затормозила, чтобы ненароком не врезаться в гостей. А Рыжая, недолго думая, взобралась по старосте вверх, вскочила ему на голову и, оттолкнувшись задними лапами от его лысой, поблескивающей головы, сиганула в дверной проём вместе с волосом единорога, шустро удаляясь в сторону леса!

– Твою ведьмину мать! – прошептала я, тоскливо наблюдая за ней.

Ну всё, теперь попробуй, найди в лесной чаще... У неё там тайников... Всё, пропал волос! Это тут у неё его забрать можно было ещё, а там...

Все труды насмарку!

Я обиженно шмыгнула носом, представляя весь масштаб будущих проблем, и хмуро, даже зло уставилась на гостей. Взгляд у меня был тяжёлый, не предвещающий им ничего хорошего. Лесоруб даже икнул и попятился от греха подальше. Да вот только старосту не проймёшь, видать, что-то срочное нужно, и купчиха уходить тоже не хотела!

ГЛАВА 2 – Почему люди, обращаясь за помощью, всегда начинают издалека?

– Чем обязана такому вниманию? – обречённо вздохнула я. Не оставят ведь в покое просто так!

– Свят, свят, свят, – выдохнул староста, перекрестился и оглянулся в сторону убегающей белки. Сплюнув, он снова повернулся ко мне. – Ведьма! Ты ведьма! – прошипел мужчина, и в его голосе было столько обвинения и злости.

Я вздохнула и закатила глаза к потолку. Как будто раньше он этого не знал. Вот открытие для себя сделал, а теперь не знает, как с этим жить. А мне, если честно, смешно от этого стало, явно ведь переигрывает, старый хрыч.

– А то раньше вы этого не знали, – усмехнулась я, посмотрев пристально на старосту и уперев руки в боки.

Когда на тебя нахрапом идут, тут что главное? С такой же наглостью отвечать оппоненту, тогда у него пыл поубавится и будет шок. Это уже давно на практике проверено.

– Антип говорит, тебя давеча, три дня назад с дерева, которое возле старого кладбища растёт, снимал, – обвиняющим тоном начал староста, дёрнув недовольно щекой и смерив меня хмурым взглядом.

Вот же старый лис, издалека разговор заводит, а я сразу почувствовала, что жареным запахло. Ох, неспроста такие речи завёл, неспроста! Боится, что зелье ему не сделаю? Или есть ещё что-то, чего я не знаю?

– И что? – подозрительно прищурила глаза и сделала недовольную мимику, чтобы построшнее казаться. Я же вроде как тёмная ведьма, нужно соответствовать!

– А скажи-ка мне, Айвана, чего это честная ведьма, зло не творившая ранее, вдруг по кладбищам ходить по ночам начала и по деревьям лазит? – прошипел в ответ староста, тоже сузив глаза и сделав пару шагов вперёд, навис надо мной. – А ну, признавайся, какой чёрный ритуал сотворила той ночью? Какую чёрную силу в наш мир призвала и выпустила? У нас в поселении две коровы пропало, а вчера ночью вой на окраине города нечеловеческий стоял, народ, там проживающий, испугался очень. Твоих рук дело? Лучше сразу покайся! Сгоришь тогда быстрее!

– Типун вам на язык! Ага, покайся... – усмехнулась я, не показывая вида, что этот упырь меня пугает. Ведьма, не ведьма, но слабая и ранимая женщина! "Типун" на старосту не подействовал, он только скривился недовольно и губами пожевал. Я хмыкнула. – А веточек вам случайно не насобирать, чтобы потом в костёр было что подбрасывать? Делать мне больше нечего, как гадить там, где живу, – уже устало и грустно отмахнулась я от старосты и почесала лоб пальцами. Я прекрасно понимала, что всё, теперь закончилась моя спокойная жизнь. Если нежить коров сожрала, то уже не остановится и снова спокойно не уснёт. Теперь и до человеческих жертв недалеко осталось. А обвинят кого? Обвинят меня! Я скривилась и косо взглянула на лесоруба. – Абонемент закончен, – дала понять, что больше на безвозмездные приёмы может не рассчитывать.

Он сразу обиженно подобрался и красноречиво засопел. А кто тебя просил меня закладывать? Почему язык за зубами не держал? Про то, что появились следы нежити в округе, можно было сообщить старосте, не раскрывая ярких подробностей о моих ночных приключениях. Ну сидела на ветке и что? Подумаешь, снять долго не мог и... я так в него вцепилась, когда моя нога с ветки соскользнула... ну пролетели мы в обнимку полтора метра вниз... и приземлилась я на лесоруба, пересчитав коленями его рёбра... но не сломала же!

– Так зачем ты на погост ходила? – не отставал староста.

НЕКРОМАНТ В ПЛАНЫ НЕ ВХОДИТ

— Да чтобы ингредиент один особенный найти, который только в гнезде редкой птицы сурдоки встретить можно. А птичка эта своё гнездо только на вековых соснах вьёт, — я придумывала правдоподобную историю на ходу. Фантазия у меня богатая, и не такое придумывала, когда приходилось оправдываться перед бабушкой из-за своих несанкционированных ночных прогулках. — Для лекарства он нужен, особенного... — подмигнула ему, намекая на зелье, им же у меня заказанное.

Староста сразу уловил подтекст в моих словах, покраснел как рак и захлопнул рот, обдумывая, как теперь из скользкого положения выйти. Будет сильно давить, могу ведь и озвучить подробности...

— А возле погоста почему? — продолжил свой допрос староста, но уже рассеяно. Он смешно хрюкнул и почесал лысую голову.

— А я ей знахарь, птичке этой? Где свила гнездо, там и свила, моё дело — достать нужный ингредиент, — развела руками, пытаясь скрыть улыбку. — Собой пожертвовала! На сосну полезла! А я, между прочим, высоты боюсь!

— Ну и что, зелье хоть сготовила? Или впустую, как белка, по деревьям лазила? — не унимался староста, а у самого глазки заблестели.

Ещё бы, для него этот вопрос болезненный, считай судьбоносный сейчас. Он в появлении этого зелья очень сильно заинтересован. Купчиху он не любил, а вот её денежки его манили...

— Да-а-а, — протянула я, соображая, что дальше говорить-то. Волоса нет, а значит, и зелья тоже нет! Второй раз я на погост не пойду, мне и так впечатлений хватило... Думаю, если бы за некроманта замуж вышла, то и того меньше впечатлений нахваталась бы. У них зомби хотя бы не дикие и воле подконтрольные, а эти... А эти есть... да нет! Эти жрать хотели! Причём исключительно меня! Нет, чтобы крысу какую-то поймать... Ну ходит ведьма ночью по кладбищу, никого не трогает... занята своими делами... выть-то зачем и зубами клацать? – Но оно ещё экспериментальное, с эффектом только на месяц, нет, на неделю! Доработать нужно, – тяжело вздохнула, обозначая свою усталость и занятость. Когда по выражению глаз старосты поняла, что его недоработанность конкретно этого зелья особо не смущает, икнула и добавила: – У него ещё и побочные эффекты могут быть! Много!

– Понятно, – он обиженно скривился и погрустнел. – Ты смотри, ведьма, тут девчонка малая в том месте, где ты по веткам скакала, пропала. Не сможем за сутки найти – вызовем инквизитора из пресветлого храма, – и внимательно так на меня смотрит, как будто зелье от этого вдруг мигом из категории экспериментальных в категорию полностью готовых перейдёт.

Ага, сейчас! У-у-у... как же он меня раздражал!

– Вам не инквизитора вызывать нужно, а некроманта, – я, тяжело вздохнув, всё это очень мрачно проговорила, а у самой сердце сжалось из-за ребёнка. Нет, чтобы сразу сказать, что ребёнок пропал! Помощь нужна, нет же... Они вокруг да около ходят, в игры "запугаю" играют. Идиоты! – Когда именно ребёнок пропал?

– Ах! – взвизгнула испуганно купчиха после моих слов о некромантах. – Неужели упыри?

– Сама не видела, – соврала без зазрения совести и перевела на неё взгляд. Зачем им такие подробности? Этим ведь хватит ума мне приписать подъём нечисти, а оно мне надо? Суд вершить будут инквизиторы, а им я ничего не докажу. Тут либо костёр, либо дальняя дорога... если с Рыжей сбежать успеем. – Но как на сосенку залезала, на пару следов взглядом наткнулась. Точнее, пару следов на земле странных заметила. Не то чтобы они были свежими, но и не такие, чтобы очень уж старые, – уклончиво проговорила я и невинно пожала плечами.

НЕКРОМАНТ В ПЛАНЫ НЕ ВХОДИТ

В конце концов, у них тут охотников море, могли бы и сами эти следы заметить и, как положено, по инструкции, вызвать штатного некроманта. Я же как-никак ведьма обычная. Ну хорошо, не совсем обычная, но ведьма, а не некромант. И на следопыта особо не похожа. Кстати, если бы эти халтурщики вовремя заметили, что у них тут упыри завелись…, может, я бы и на сосне не сидела! В лес бы точно не пошла!

— Это моя племянница пропала, — стала рыдать женщина и шёлковым платочком вытирать глаза. — Помоги, век благодарить буду, озолочу. Помоги!

— Да как же я тебе помогу, — развела неуверенно руки в стороны. Озолочу — оно, конечно, звучит красиво, да мёртвому особо это золото не нужно. Ну и если уж совсем честно, то если бы знала как, ребёнка спасла бы просто так, безвозмездно. Это же ребёнок! — Я же ведьма, а не некромант.

А та возьми и на колени передо мной упади и рыдает всё сильнее, в истерику впадает. У меня сердце от жалости сжалось. И главное, нет в купчихе зла. Светлый она человек. Не испортило её богатство бывшего мужа. Мне всегда таких людей жалко, симпатизирую я им. Что мне делать?

Надо как-то успокоить! Я её за плечи схватила, с пола поднимать стала, словами успокаивать, вливая в них крупицы силы. На стул усадила, а потом подхватила с ближайшего стеллажа успокоительную настойку и в руки купчихе всунула.

— Успокойся, — глажу её по голове и тайком продолжаю чуточку силы своей вливать, чтобы быстрее успокоилась. — Я попробую помочь, но ничего не обещаю. Всё же я не некромант. Когда племянница пропала? — взгляд на старосту перевожу, с женщиной сейчас особо не поговоришь. — Второй раз уже спрашиваю у вас, а ответ так и не получила, — корю его. — Время же бежит!

— Утром сегодня, — он рукой нервно нос потёр и плечами передёрнул.

– А уже третий час дня, – осуждающе головой качаю. Вот же глупцы, и что мне делать теперь? Столько времени прошло, как ребёнок пропал, и главное – вечер скоро! Идти в лес к погосту в такое время... самоубийство! – Чего же тянули так? Это же ребёнок! Тут до вечера рукой подать, что мне теперь предлагаете делать?

– Что делать-то? – продолжала плакать женщина, подвывая. – Что делать-то? – она начала из стороны в сторону раскачиваться.

Знак хороший, так быстрее успокоится, но и в себе может замкнуться. Потом попробуй её из такого состояния вывести. Тут уже работа целителя-мозгоправа...

– Вещь какая-то её с собой есть? – прикрыв глаза, спросила я, пытаясь прогнать нахлынувшее беспокойство. Понимаю, что дура! Понимаю, что совершаю глупость, но... И вот зачем я только на это сейчас соглашаюсь? Да потому, что спать потом не смогу, если узнаю, что с ребёнком беда приключилась, а я даже не попробовала девочку спасти. Нет тёмных и белых магов, и ведьм, все мы одинаковые, по силе только разные, тут всё от резерва зависит. А какие дела творим, то уже от характера зависит, а не от цвета магии. Ведьмы..., да мы вредные, но... вредный не означает плохой!

– Да, да, – купчиха в карман своего платья сразу полезла и маленькую игрушку оттуда достала. Мишка – игрушка тряпичная, из разноцветных лоскутов сшитая. Маленький, аккуратненький такой, видно, что с любовью мастерили. – Её любимый мишка, – женщина вытерла слезу рукавом со щеки, куда-то дев свой платочек. – Его там, у старого погоста, и нашли, в траве валялся, а Алёнки нигде не было. Мы там всё обыскали. Звали, звали... не нашли! Как сквозь землю провалилась! – произнеся это, купчиха побледнела и ладонью рот прикрыла. – Неужели... – прошептала она.

– Не зови беду самостоятельно! Не там девочка вовсе сейчас, – выдохнула я и забрала игрушку из её рук, сразу включив своё ведьминское зрение. Почувствовала тонкую нить энергии, что тянулась от вещи к её хозяйке. Значит, ребёнок ещё жив, и это хороший знак. Боги помогут, найду! – Жива она. Всё, ступайте, а я соберусь и отправлюсь на поиски. Если боги позволят, скоро с Алёнкой вернусь обратно.

– Может, тебе пару человек в помощь дать? – подал голос староста, перед купчихой выслужиться хотел.

– Нет, не нужно, – улыбнулась я краешком губ. Оно мне надо? Лишняя головная боль только от такой помощи, но отказ объяснить нужно, иначе напридумывают такого... – От ведьмака в напарниках не отказалась бы, на худой конец от некроманта, а обычные люди мне только помехой будут. Мало того что ребёнка ищи и о своей собственной шкуре заботься, так ещё и на помощничков оглядывайся: ненароком сожрут кого из них, а я потом крайней буду? Хороша помощь! Лучше в ближайший замок некромантов гонца скорее отправьте, даже если с девчонкой живой вернусь... – рядом купчиха крякнула и тоненько завыла. Я скривилась и быстро себя поправила. – Когда с девчонкой живой вернусь, – купчиха всхлипнула, а я, тяжело вздохнув, продолжила. – Нежити меньше от этого не станет, я её упокоить или уничтожить не смогу, тут другая магия работает. Некромантия не мой профиль! Да и ещё... вечером по улицам не шастайте, в домах запирайтесь на ночь, от греха подальше, – вздохнула я. – Ну не маленькие же вы? Если упырь завёлся, должен инстинкт самосохранения включиться!

– Антип, давай Кузьминичну ко мне домой отведи, – дал быстро указание лесорубу староста.

А я усмехнулась, вот же лис... везде свою выгоду чует!

– Может, я к себе? – неуверенно проговорила женщина.

– Ну что ты, голубушка. Как же можно-то? – староста ей помог со стула подняться и прямо в руки к лесорубу направил. – У меня побудешь, под охраной, да среди людей. Я тебя саму не оставлю.

— Хороший ты мужик, Иван Степаныч, — всплеснула руками купчиха и медленно побрела с лесорубом на выход, а я их задумчивым взглядом проводила.

Ещё бы ему не быть хорошим мужиком, когда он на твои сундуки заглядывается и облизывается, как кот на сметану. Жалко мне её стало, но она человек взрослый, сама способна за свои поступки и желания отвечать. Знает же... чувствует, что не по любви большой к ней староста клинья подбивает. Но... порой тоска и одиночество заставляют человека заниматься самообманом.

— Где зелье? — услышала шёпот старосты, стоило двери закрыться за спинами купчихи и Антипа.

— Так оно экспериментальное, — перевела удивлённый взгляд на старосту.

Вот уж не думала, что он такой прыткий и бесстрашный окажется. Неужели не боится побочных эффектов, о которых специально для него упоминала? Запугала называется...

— Но результат-то есть, — довольно усмехнулся староста. — Давай сюда, оно мне сейчас ой как пригодится!

— Да пожалуйста, но я предупреждала! — я медленно побрела к стеллажу с разными настойками и зельями. Было у меня припасено одно с подобным эффектом, которое ему помочь временно сможет. Достала небольшой пузырёк с перламутровой жидкостью, незаметно содрала этикетку "Огонь дракона" и прилепила её на днище полки. Развернулась и медленно направилась к старосте. Он как пузырёк в моих руках увидел, так весь засветился от радости сразу, ну а я ему этот пузырёк в руки и сунула. Мне не жалко, на время отстанет уже хорошо. Главное, чтобы не узнал настоящее название этого зелья. Пить его решается не каждый, помогать-то оно помогает, тоже временно, кстати, но состав... В общем, из экскрементов дракона это зелье сделано. — Одна капля, один раз в день, не больше. Больше выпьешь — только хуже себе сделаешь, потом ни одно зелье не поможет, – голову набок склонила и прищурилась. Ещё озабоченного старосты мне тут не хватало, по всем же бабам пойдёт... А мне потом всё это разгребай. – Понял, Иван Степаныч? – строго так проговорила. Интересно, впечатлится?

– Понял, не дурак, – он пузырёк руками, дрожащими сразу схватил и к себе в карман сунул, на окна оглядываясь. Убедиться хотел, что никто не увидел, как он с ведьмой дела ведёт. – Ты это, как Алёнку найдёшь, её ко мне сразу веди. И это... спасибо тебе что ли, ведьма.

– Спасибо скажешь, если я обратно вернусь, – тяжело вздохнула, пристально его рассматривая. Надо же, даже спасибо сказал. Удивил! – Всё, ступай, не задерживай меня. Чем раньше выдвинусь, тем больше шансов девочку засветло найти и домой невредимой вернуть. Если бы вы утром пришли...

Староста на месте постоял, помялся, что-то ещё сказать хотел, но потом рукой махнул и молча ушёл, а я сразу пошла сумку собирать. И так времени не осталось. Глупо сейчас на погост идти, как в прошлый раз, не подготовившись заранее. Это тогда я сюрпризов не ожидала, была уверена, что в округе нечисти нет, а сейчас учёная уже, тем более если учесть, что след от игрушки дальше в лес тянется, но странно как-то тянется, всё время обратно к погосту возвращается и размытый он очень. Более слабая ведьма, вообще, бы нить не увидела и ребёнка не почувствовала. Моя сила мне это позволяла, но вот ситуация совсем не нравилась...

ГЛАВА 3 – Погост, старый лес.

Сначала переоделась в удобные тёплые коричневые брюки. Хватит, в юбке уже набегалась — в прошлый раз ума хватило в ней туда пойти. Пробовали одной рукой подол длинной юбки удерживать, другой защитные магические символы формировать и при этом в зубах держать стебельки с цветками синего папоротника? Я теперь пробовала! А если учесть, что сок у папоротника этого горький...

Следом я натянула на ноги сапоги до колена, потом надела тёмную шерстяную рубаху. Хоть весна сейчас, а вечером и ночью холодно ещё будет, ведьма тоже замёрзнуть может, а я тепло люблю.

Волосы у меня русые, длинные, волнистые — решила их в тугой хвост перетянуть, чтобы не мешались. Косы заплетать не стала. Ещё сумку через плечо дорожную перекинула, в неё разных зелий набросала. Если честно, сама не знаю, зачем мне столько зелий, тем более бросала их в сумку, особо не разбираясь, что там и для чего. Вот чую, что пригодятся, и всё. Полюбовалась на себя в зеркало, удовлетворительно кивнула своему отражению и нервно усмехнулась. На меня оттуда, с зеркальной поверхности, смотрела симпатичная девушка с огромными зелёными глазами и забавными ямочками на щеках. Я ей подмигнула, а потом вздохнула и быстро отвернулась.

– Всё, готова, – проговорила сама себе тихо. – Мать моя, Ведьма, удачу подари и ребёнка сохрани, помоги его найти, – стала слова заклинания выговаривать, придумывая их на ходу.

Удача мне сейчас не помешает, а линии силы, которые потянутся к ребёнку, могут помочь и мне, и девочке выйти из этой передряги целыми и невредимыми. Тут ничем нельзя пренебрегать.

– Так ты что, серьёзно опять туда пойдёшь? На погост? В лес? – перебила меня Рыжая поганка. Дверь закрыта, но она сюда через окно обратно проскользнула, естественно, уже была без волоса единорога, успела его спрятать. Ух, клептоманка мелкая, тоже мне фамильяр... А сейчас сидит нагло на подоконнике и на меня смотрит своими наглыми глазищами. – Я думала, ты пыль в глаза им пускаешь, – протянула она. – Неужто своей шкуры совсем не жалко? Или ум куда-то убежал? Мать, ты часом не спятила?

– Своей шкуры жалко, – я грустно вздохнула. – Но ребёнка тоже жалко, а времени совсем нет, и ты это знаешь не хуже меня. Пока этих некромантов вызовут, пока они придут, если, вообще, соизволят явиться... Могут ведь посчитать случай недостойным своего внимания. Один упырь – это для них не упырь. С человеческими землями у них договора особые заключены. А уже считай вечер. Чем ближе ночь, тем меньше шансов на успех!

– И на кого ты меня оставишь? Одну одинёшеньку в этом большом и холодном, нет, даже враждебном мире? – возмутилась Рыжая. – Что я за фамильяр буду без хозяина? Ведьма ты бессовестная!

– Вот уж спасибо, поддержала так, поддержала, – возмущённо произнесла я. – Ты не рано меня хоронишь? Рыжая? Вон недавно сама на погост выпроваживала, не стеснялась, а сейчас жалко меня стало? А что случилось?

– А то я тебя не знаю, ты бы второй раз туда не пошла, – белка подобие ироничной улыбки на мордочке изобразила. – Ради волоса для фамильяра не пошла бы, а вот так геройствовать — это да. Это в твоём характере. Слушай, Айка, а может, тебя Богиня Ведьма и Богиня Природа не просто так с некромантом связали? Вон как тебя к нежити тянет, – съязвила мелкая. – Ой не спроста! Зря мы в бега отправились! Жили бы в замке...

– А я вот думаю, может, мне с тебя шкурку содрать да на артефакты продать? – зло на неё посмотрела. Ведь знает же, что на больную мозоль наступает, а всё равно топчется по нему. Причём усердненько так топчется! Это хорошо ещё, что мы с Лисаном Мерстином друг друга не видели, а только знаем о существовании друг дружки. Когда суженые знают... узнают о существовании половинки, понимают, что их пара уже определилась, как правило, стремятся быстрее увидеться, чтобы «Божья благодать» заработала. Другими словами, стоит суженым увидеть и коснуться друг друга, так запускается механизм привыкания и настройки друг на друга, всё это начинает бесповоротно работать и связывать на магическом и энергетическом уровне. И физическом тоже... Сначала появляется неудержимое желание прикасаться, потом появляется состояние влюблённости и другие глупости по списку... А затем свадьба, брак, дети, и ты навечно привязан к одному единственному человеку, свято веря, что влюблён в него по собственной воле, а не по решению богов. Нет, я всё понимаю, им виднее, они хотят как лучше, но... А может, я ещё не нагулялась? А может, я свою жизнь в другом вижу? Может, я не хочу замуж! А как же карьера ведьмы? Приключения, эксперименты, новые зелья? Полёт на метле в лунную ночь? Я сбежала из-под венца, когда мне только стукнуло девятнадцать лет! Сейчас двадцать! Ну какие дети? А бабушке правнучку подавай...

Мне повезло! Я вовремя ноги успела сделать, пока бабушка свой коварный план в жизнь не реализовала полностью. С суженым... с женихом мы так и не увиделись! Да как посмотрю, муженёк мой будущий тоже такому подарочку богов, как я не особо обрадовался. На поиски мои он не отправился, что меня сейчас и спасает. От бабки я научилась с детства прятаться, она не найдёт, а вот от некроманта попробуй спрячься — у этих везде свои глаза и уши, даже из-за грани взглянуть смогут при желании. В любой точке пространства найти смогут, неважно, жив ты или мёртв. А Лисан не ищет! И... если честно, это раздражало на каком-то глубинном уровне. В общем, несостоявшегося мужа я тоже с уверенностью отнесла к категории козлов. Так, всё... куда-то меня не туда занесло! Я окинула Рыжую ещё раз красноречивым взглядом. – Говорят, из шкуры фамильяра диковинные артефакты получиться могут, – мрачно добавила, чтобы она язык впредь не распускала. – Редкие и дорогие!

– Напугала белку орехом, – фыркнула и повела усами Рыжая. А потом более серьёзно добавила: – Может, не пойдёшь? Опасно же!

– Не мешай лучше, – я устало вздохнула и отмахнулась от неё.

– Ну смотри, к утру не вернёшься, я сама лично к Агате Родериг перенесусь и расскажу, где её внучка прячется, – мелкая вредина встала на задние лапы и угрожающе поставила передние лапки в бока, вызывая у меня лёгкую улыбку.

– Аргумент, – рассмеялась я в ответ. – Значит, утром буду обязательно. Зачем мне муж, которому я не нужна, – погладила её нежно по голове, а потом опять к заклинанию вернулась. Вытянула ладонь, а на неё игрушку девочки положила и стала тихо шептать: – Мать моя, Ведьма, удачу подари и ребёнка сохрани, помоги его найти, путь мне укажи, – глаза прикрыла и стала прислушиваться к отклику своей силы.

Сразу почувствовала тепло, исходящее от игрушки, и сильный страх. Не мой страх! Боится ребенок, испуган очень, ой, не хорошо-то как. Значит, был контакт с нечистью! А ещё я уловила призрачную нить энергии, смогла её рукой поймать, намотать на кулак и молча пошла вперёд, прислушиваясь к себе. Так и добрела я до старого погоста. Тоскливо оглянулась на сосну, на которой недавно как совушка восседала в обнимку со стволом дерева. Чертовщина какая-то тут творится. Потопталась на месте, кругами походила... Вроде и ребёнка чую, тут на погосте следов её много, как следопыты их не нашли? Но... Ну, да... следы энергетические, простой человек не увидит. Странно... есть след, но... в то же время вроде как нет девочки тут.

– Что за бред! – выругалась я, внимательно осматриваясь по сторонам.

Уже шесть вечера, через два часа темнеть начнёт. Не хорошо это, ой, как не хорошо. Тут бы уже убираться отсюда пора, а у меня результата никакого нет. И ведь не бросишь всё это... Я, пока светло ещё было, все склепы обшарила, во все ямы позаглядывала. В кое-каких местах оставила сюрпризы из своих зелий с взрывным эффектом, так сказать, по старой памяти, персонально для знакомой нежити... Чтобы жизнь им мёдом не казалась!

В честь былых заслуг этих порождений тьмы, один из упырей мне в прошлый раз чуть ногу не прокусил, вовремя убрать успела. Мне скучно тогда не было, когда я тут забег устроила. Вот и им скучно пусть сегодня не будет, когда проснутся и наружу полезут. Полюбовалась результатами своей работы и вздохнула. Ребёнка-то ещё не нашла. А это всё так, мелкая пакость, но всё равно приятно, однако это всё лирика. Время убегает, я опять к себе прислушалась.

Нет здесь ребёнка, и след, как будто, обрывается, но ведь не может так быть? Чувствую, что ребёнок жив. Стала силы природы призывать: если ребёнок жив, то и путь к ней есть! Нужно только понять и найти его... Смогла уловить тоненькую, тоненькую энергетическую ниточку, потянула за неё, очень осторожно, чтобы не разорвать неустойчивую связь, которую еле уловила, и сразу же почувствовала Алёнку, как будто спит ребенок. Вот почему след обрывался — её в сон глубокий ввели! Не верю я, что перепуганный ребёнок по своей воле где-то уснуть сможет. Скверно как-то на душе! Это уже на обычную нежить не похоже, те сожрали бы просто и дело с концом. А в сон ввести? Кому это нужно? Стала я по этой ниточке аккуратно идти, чтобы не разорвать ненароком. Сильно тонкая она, сильно слабая... А нить эта в старый лес уводит в самую его чащу. Так и брела где-то час, от дерева к дереву, которые высоко над головой вверх поднимаются и затеняют всё вокруг. Свет солнечный ветками могучими скрывают, тут и так уже вечер в свои права вступает. Страшно... Плохо видно, куда ногой ступать. Пришлось зрение ведьминское активировать. Надеюсь, на простого человека не наткнусь, а то испугается до полусмерти, если меня увидит. А как тут не испугаться? У страха сами по себе глаза велики, и не такое увидишь порой, а сердце уже в пятках... Испугаться можешь и шороха, а, если в полной темноте увидишь светящиеся глаза с вертикальным зрачком... Там фантазия услужливо такого дорисует, и ведь свято поверишь, что именно это и увидел!

Я осторожно ступала по земле, так, чтобы лишних шорохов избежать. Ещё полчаса незаметно в дороге пробежали, пока полностью не стемнело, а в голову стремительно полезли мрачные мысли, одна ярче другой. Тут-то я нить сильнее и почувствовала, значит, близко совсем к девчушке подобралась. Не успела я обрадоваться, как сзади, со стороны старого погоста, раздался пронзительный вой, заставив моё сердце кульбит совершить, а по коже пронёсся мороз.

— Может, действительно, стоило сразу на брак с Лисаном Мерстином соглашаться? — прошептала я и оглянулась нервно назад. — Тогда он бы эти вопросы решал, а не я... Да и нежить бы боялась даже в мою сторону смотреть.

Я сама себе удивилась в этот момент, надо же, какие мысли бредовые в голову лезут. А там... с той стороны, где находился погост, ещё стали слышаться взрывы... мои зелья, которые я в подарочек нечисти оставила, в действии. Причём все-все ловушки, которые оставила, вот все и сработали. Вот что такое, не везёт?

— Сколько же вас тут? — я плечами нервно передёрнула и ладошки, потом покрывшиеся, друг об дружку потёрла. — Мать моя, Ведьма, — треснула легонько себя ладонью по лбу. Это же, сколько я там своих следов оставила, да сейчас вся эта неживая и изрядно подгнившая братия по моему следу дружно пойдёт. Вот дура! Словно им приглашение на банкет оставила, персональное, причём сама лично. — Когда ты уже головой думать, Айка, научишься, а не пятой точкой? — выругала себя. — Сколько раз себе говорила, сначала думай, потом делай, а не наоборот. И всё время на одни и те же грабли!

Из положительного, им, как минимум, час нужен, чтобы добраться в нашу с Алёнкой сторону, если они только короче пути сюда не знают. Значит, время у меня теоретически есть, ухватилась за нить покрепче, быстрее по следу пошла. Через десять минут вышла на мёртвую поляну. Почему мёртвую? А тут место гиблое, лес кругом на два метра вглубь от поляны высох, трава не растёт, земля высохшая и чёрная. Посреди поляны огромный алтарь стоит — каменный, а на нём девочка спящая лежит. А ещё чуть дальше стоит старинный склеп, видно, что временем изрядно потрёпанный, но не разрушенный, хорошо сохранился. Я по сторонам огляделась, нет никого. Может и хорошо? Ребёнка забрать и ноги отсюда сделать, но ведь не может всё так просто быть? Не может! По спине, словно мороз пробежал, меня даже передёрнуло изрядно, дыхание сразу же сбилось.

Я стала осторожно подбираться к алтарю. Когда подошла вплотную, наклонилась над девочкой, взяла её за руку и нащупала слабый пульс, прислушиваясь к нему и к своим ощущениям. Жива, здорова, хотя и бледная, с гримасой застывшего испуга на лице. Всё это неестественно!

Она лежала на огромном холодном камне, свернувшись калачиком. Наверняка простудится теперь. Неестественный это сон, ой, неестественный! Точно её сонным зельем опоили или магией воздействовали. Я сразу полезла в сумку, нашла зелье пробуждения и восстанавливающее силы. Открыла крышечку и капнула пару капель на губы Алёнки. В ней сразу начали происходить изменения: губы порозовели, она глубоко вздохнула, а потом резко села на алтаре и испуганными глазами уставилась на меня, стала отползать к краю. Только сейчас до меня дошло, что ведьминское зрение я не приглушила, и на неё из кромешной тьмы смотрю огромными светящимися жёлтыми глазами. Алёнка в этой темноте, кроме моих глаз, ничего не видит, она ведь обычный человек, без дара. Зрелище для обычного человека жуткое, но отключить такое зрение сейчас не могу. Тогда сама как слепой котёнок буду, а по моим следам стайка рассерженных упырей бежит, мечтая вкусно пообедать мной. Да и тут... Кто-то же ребёнка усыпил?

— Стой, — я медленно потянулась к ней. Она взвизгнула и чуть не свалилась с камня. Еле успела схватить её за руку и стала подтягивать к себе, хотя девчушка активно брыкалась. Хорошие у меня зелья — вон как силы ей вернули, еле удерживаю. — Меня тётка твоя, купчиха... — запнулась, имя-то я её не помню. — В общем, тётка твоя меня послала. Попросила найти тебя. Успокойся, Алёнка, я ведьма ваша местная – Айвана Родериг. Может, видела меня в городе? Я помочь тебе пришла!

После этих слов она притихла и перестала брыкаться, но я всё равно слышала, как у неё сердце от испуга колотится.

— Правда, Айка? — она отстранилась и подняла глаза на моё лицо. Постепенно привыкнув к темноте, девчушка стала ощупывать меня руками.

— Это что, меня все в городке коротким именем называют? — подозрительно и немного возмущённо спросила я девочку. Знают же, что я этого не люблю!

— Значит, точно Айка, — выдохнула она с облегчением и маленькими ладошками ощупала мои щёки и нос.

Щекотно!

— Хватит меня тискать, — усмехнулась я, подхватывая её на руки. — Нам отсюда выбираться нужно, и чем быстрее, тем лучше. Ты сюда, вообще, как забрела?

После этого вопроса девчонка резко сжалась и нервно, мёртвой хваткой обхватила меня за шею.

— Он не отпустит нас, — всхлипывала Алёнка.

— Кто не отпустит? — я осторожно оглядывалась по сторонам, но всё равно нервно подпрыгнула, когда услышала холодный скрипучий голос прямо за своей спиной.

Резко развернулась, крепче прижимая к себе Алёнку, которая своими слезами насквозь промочила мне рубашку.

– Я не отпущу, – проскрежетала сущность.

Иначе я бы её или его не назвала, хотя, да, это определённо в прошлом был мужчина… Он стоял в двух метрах от меня. Высокий, одет во всё чёрное, а цвет его кожи напоминал белый, кристально белый цвет, как первый снег. Волосы длинные, чёрные, черты лица заострённые, хищные, глаза мёртвой магией горят, красные как кровь, с лёгким оттенком зелени. Магия некромантов. По спине побежал опасный холодок, разбегаясь мурашками от позвоночника во все части тела. Передо мной стоял лич, самый настоящий лич, матушка моя, ведьма! Я попятилась назад, инстинктивно увеличивая, между нами, расстояние, упёрлась пятой точкой прямо в каменный алтарь. И, как назло, со стороны старого погоста опять раздался душераздирающий вой, который на этот раз был гораздо ближе, чем прежде. Лич медленно развернулся в ту сторону и улыбнулся, обнажая огромные белые клыки. В голове пронеслась мысль, что лича я точно не смогу победить, но пути назад уже не было. Поэтому решение пришло молниеносно, само. Он не ожидал от меня сопротивления, рассчитывал на парализующий, пробирающий до костей страх, который от него исходил, поражая всё живое, а ещё ждал от меня долгих разговоров. Ведьмы боятся личей, недолюбливают некромантов, ведь именно из них потом рождаются вот такие порождения смерти, а ведьма, даже тёмная, она с природой связана в первую очередь, с жизнью. А ещё ведьмы не нападают первыми, мы любим сначала поговорить, заговорить зубы, прежде чем принять окончательное решение.

Неправильная ему попалась ведьма!

Я призвала силу ветра, обуздала её, вскинув руку, и со всего размаху направила эту дикую стихию в сторону лича. Он как раз разворачивался обратно в мою сторону; его зрачки расширились от удивления, руки стали подниматься, чтобы построить вокруг себя защитный контур, но, слава богам, он не успел. Воздушный поток подхватил его, словно маленькую щепку, сбивая с ног, и со всей силой швырнул вдаль от нас с Алёнкой к мёртвым высохшим деревьям.

Его сильно приложило об толстый дуб, который хоть и засох, но продолжал стоять, напоминая о своей былой мощи. Мне даже почудилось, что я услышала хруст его костей, дробящихся в позвоночнике от силы удара, но даже, если это так, это всего лишь пара лишних минут, чтобы попробовать спасти ребёнка.

Лич — это мёртвый некромант, переродившийся в нечисть. У них всё срастается практически моментально, они сильны, опасны и практически неуязвимы. В отличие от меня. Я не стала дожидаться, когда монстр придёт в себя, развернулась, перелезая через каменный алтарь, и, перехватив поудобнее ребёнка, понеслась в противоположную сторону от лича. Главное — уйти из этого гиблого места, туда, где живой лес; там мои силы будут больше, ненамного, но больше, а ещё я смогу надеть на Алёнку защитный оберег, забросив её повыше на дерево, а сама уведу опасность подальше.

– Не смотри, – прошептала я девочке, а сама побежала со всей возможной для себя скоростью.

Мы успели добежать до кромки мёртвых деревьев, быстро пронеслись сквозь них, и когда мои ноги переступили невидимый барьер гиблого места, туда, где стали ощущаться звуки и запахи, ночные шорохи, я услышала за спиной яростный вой лича. Кажется, за этот короткий промежуток времени он успел полностью восстановиться.

Времени оставалось очень мало. Подбежав к первой попавшейся вековой сосне, я поставила ребёнка на ноги, упала перед ней на колени и, зарывшись рукой в карман брюк, достала заговорённый оберег, приготовленный на такие случаи. Древняя руна жизни, вырезанная на берёзовой основе, пропитанная волшебными зельями и наговорённая разными заговорами. Жаль, что я сделала только одну, не подумав, что могу оказаться в такой ситуации... Когда кроме себя самой, возле меня может оказаться и другое существо, нуждающееся в помощи.

Судорожно выдохнув, я надела оберег на шею испуганной девочки и активировала его. Алёнку сразу обволок защитный барьер, покрывая всю поверхность её кожи. Теперь, пока сила из руны не иссякнет, девочка неуязвима, а это как минимум неделя. Я много туда силы влила, для себя делала. Думала, учёная...

— Слушай меня внимательно, — прошептала я, оборачиваясь назад и всматриваясь в темноту. Слишком тихо тут стало, словно мать-природа затаилась, ощущая приближающуюся опасность. Значит, лич уже близко. Повернулась опять к ребёнку и потрепала Алёнку по голове. — Не снимай его, кто бы тебя ни просил это сделать. Это твоя защита. Пока он на тебе, никто тебе зла причинить не сможет, ты стала неуязвимой ровно на одну неделю. Я тебя сейчас магией на ветку заброшу, постараюсь повыше, но ты и сама лезь как можно выше. До утра там просидишь, пока солнце над горизонтом полностью не взойдёт. До этого момента вниз спускаться нельзя. И не смотри сюда, не надо тебе этого видеть, — снова прошептала я.

— Ты не тёмная ведьма, — прошептала она, целуя меня в щёку и вызывая лёгкий поток радости и нежности внутри. — Ты очень добрая! Прости нас! Глупые...

— Нет тёмных, нет светлых, — улыбнулась я ей. — Всё вот здесь заключается, — указала пальцем ей в голову, а потом положила руку на грудь, там, где сердце находится. — Среди людей ведь тоже есть и хорошие, и плохие, и те, кто совершает разные поступки. Запомнила, что я тебе сказала?

— Да, — прошептала она.

– Мать моя, Ведьма, помогай, – прошептала я и, поднявшись на ноги, снова вызвала силу ветра.

Окружила ребёнка воздушным потоком и аккуратно подняла её повыше, выбирая при этом толстую ветку. Девочка оказалась в метрах трёхстах от земли.

Вовремя... Сзади как раз раздался хруст веток и тихий, протяжный смех. Я сцепила зубы от злости. Знает гад, что по силам меня превосходит, поэтому не спешит, играет... Скучно ему... А ведь и ребёнка не спешил в жертву приносить! Почему? Утра ждал? Что же это за ритуал такой? А склеп... Он его?

Чтобы ему икалось постоянно!

ГЛАВА 4 – Некромант.

– Уверена, ведьма? – раздался мертвецки холодный голос, рождающий внутри дикий страх. – Что на алтарь вместо человеческого ребёнка лечь хочешь? Мне-то, по сути, всё равно, кого в жертву приносить. Её, – он бросил задумчивый взгляд на ветку, где сидела девочка. – Или тебя, – перевёл пристальный взгляд на меня.

Я прикрыла глаза, ладонью коснулась ствола сосны, призывая силы природы и моля о благословении матери Ведьмы.

– Мать Природа, и ты, мать Ведьма, сил мне дайте, в беде не оставьте, – тихонечко стала шептать заговор.

Слово – это сила!

Почувствовала, как через мою ладонь от дерева дар матери Природы стал поступать в моё тело и стремительно разноситься по крови. На руках сразу же выросли острые когти, а во рту обозначились маленькие клыки, вызвав у меня лёгкую улыбку. И мать Ведьма тоже откликнулась на зов дочери своей. Победить его не смогу, но планы все испорчу, может, и ранить, ослабить получится. А там кто знает, может, и до утра дотяну. Утро – это жизнь, это победа для меня и для Алёнки! Нам главное уйти отсюда, лич в город сам не пойдёт! Тем более днём, а к вечеру я таких защитных рун на свой домик понавешиваю... да и городские защитные стены не помешает ими украсить от греха подальше.

Я медленно обернулась, отмечая, что лич пока стоял в зоне мёртвого леса, не спеша переступать черту. Смеяться он перестал, сначала посмотрел на меня тяжёлым взглядом, а потом снова поднял глаза вверх, отыскал взглядом Алёнку и опять посмотрел на меня, скривился.

– Не так уж и всё равно, получается, кого на алтарь положить? – усмехнулась я. – Нужен чистый ребёнок? Светлая энергетика? А ведьма, особенно тёмная, для этих целей не подойдёт! Что же ты задумал?

— Нет, — покачал он головой, усмехнувшись и обнажив клыки. Затем медленно переступил черту, отделяющую лес от гиблого места. Замер, привыкая к новым ощущениям; это не его место, не его территория, но и вреда она ему сильного не причинит. Силён! Вытянул руку, сжал и разжал кулак, наблюдая за своими действиями, потом посмотрел на меня и снова усмехнулся.

— На дерево лезть не хочется, высоко мелкую забросила, ещё и мешать будешь её оттуда снимать. Да и... С тобой, конечно, мороки больше будет, и тебя бы для других целей использовать... Но размяться тоже не помешает, а рассвет не за горами. Время играет в твою пользу, а мне это невыгодно. Сама свой путь выбрала!

— И откуда же ты такой в наших краях появился? Не твой ведь склеп! — любопытство меня душило, и теперь спешить некуда; он к моим атакам готов, можно и поговорить.

Время! Чем больше я протяну, тем лучше!

— Что же ты раньше мне зубы не заговаривала? Вопросы не задавала? — рассмеялся лич, прекрасно понимая мою тактику. — А сразу об дерево приложила. Ведьмы так обычно не поступают, — покачал он головой. — Отдашь девчонку, я тебя отпущу, — посмотрел мне в глаза и серьёзно это проговорил. — Ты мне нравишься, давно не встречал таких ведьм и... женщин! Был бы живым... — усмехнулся и покачал головой. — Отдашь?

Вижу, что не обманывает. Отдам ребёнка — отпустит, но я так поступить не могу, а точнее, не хочу!

— Я за ней не для того в этот лес попёрлась, чтобы кому-то потом отдавать, — покачала отрицательно головой, а сама магию ветра опять призывать стала. Потоки воздуха окружали меня и уплотнились, перетекая к рукам. — Если кому отдам, то только её родне! А ты в их число явно не входишь. Зачем светлую душу загубить решил?

– Сейчас светлая, завтра тёмная, – рассмеялся иронично лич.

– Это её судьба и её выбор, а главное – её жизнь! – хмыкнула я. – Не тебе её укорачивать! Ты своё время уже использовал и сейчас здесь гость случайный! Не бери на душу больше греха, чем она может вынести! Отпусти нас!

– Ведьма... – рассмеялся лич. – Ты меня ещё попроси развоплотиться.

– А если попрошу? – спросила я, кусая губы и радуясь, что получается разговорить лича.

– Я и при жизни добрым не был, – снова рассмеялся лич. – А ты хочешь у меня совесть в послесмертие найти? Ребёнка отдашь? – я сцепила зубы и покачала головой. – Жаль, – задумчиво проговорил лич и наклонил голову набок, а потом резко вскинул руки, направляя мёртвую магию прямо мне в грудь, в район сердца.

Еле успела отбить удар магии. Контратаковала, направив в его сторону поток воздуха, но лича там уже не оказалось – он переместился в пространстве!

– Глупая ведьма! – прошептал лич мне на ухо, обхватил руками за плечи и прижал к своей груди, а потом схватил рукой за горло, сжал его больно. – Пожалуй, потом воскрешу тебя, понравилась...

Жутко это ощущать – мертвецкий холод от чужого тела, когда сам ты живой и пропитан магией природы. Лич тихо засмеялся, чувствуя мой страх.

– Ведьма стихийница, редкий дар, – прошептал он тихо. – Даже интересно будет тебя выпить до последней капельки, но действительно жаль. Передумаешь?

– Подавишься, – прошипела ему в ответ и когтями в его ногу со всей силы впилась, разрывая ткань и впиваясь в плоть.

Да, он мёртвый, но он лич, значит, ощущения как у живого. Не ошиблась, лич от боли взвыл и отбросил меня от себя в сторону.

Теперь мне пришлось понять, каково это – познакомиться с деревом всем телом: одну руку хорошо ушибла, по стволу на землю съехала, на колени сначала упала, а потом начала подниматься на ноги. Взглядом искала лича. Я стояла и еле держалась на ногах, голова немного кружилась. Хорошо... сильно, он меня об дерево приложил... Было понимание, что этот бой будет коротким. В моих планах было продержаться до утра, но увы, этого не было в планах лича. Рассчитывала, что он не справится со мной, не сможет быстро сориентироваться. Зря...

Лич, ощущая своё превосходство, медленно приближался ко мне. На его мерзком хищном лице играла улыбка превосходства и победы. Я всхлипнула, вскинула руки вверх, призвала опять силу ветра и начала направлять в него пульсары, сотканные из уплотнённого воздуха. На большее сил уже не хватало, но не сдаваться же?

Лич легко их отбивал, словно играя. Тогда, недолго думая, полезла одной рукой в сумку, схватила первое попавшееся зелье и бросила в него. Стекло тонкое... сразу разбилось, облив его волшебным зельем. Зелье вызывало чесотку. Такой подставы лич не ожидал, взревел, как обиженный мальчик-переросток. Его глаза ещё сильнее налились кровью, и он бросился на меня с утробным рычанием.

Я не стала ждать, пока меня так легко поймают. Ноги сами побежали вперёд, уводя его подальше от сосны, на которой сидела Алёнка, и от гиблого места тоже. Чем дальше он от него, тем лучше! Так мы и петляли вокруг деревьев, играя в салочки на выживание.

У лича быстрые ноги, он прекрасно бегал и по местности без препятствий, и по лесу, поэтому слышать обиженное сопение, которое раздавалось сзади меня, было приятно. Лич пытался меня догнать, периодически запуская в меня тёмные заклятия и используя мёртвую магию, а я от них и от самого лича петляла, как заяц от лисы. В ответ забрасывала зельями, пару раз даже попала, но запас зелий быстро иссякал.

Не знаю, сколько бы мы так по лесу бегали. В моих планах было продержаться до утра, в планы лича – не думаю. С каждой минутой он всё сильнее хотел меня придушить. В один момент я неудачно подвернула ногу, зацепившись за корневище поваленного дерева, и упала в неглубокую ямку, застонав от резкой боли в лодыжке. Сзади раздался победный вой, а потом послышался тихий и довольный смех.

Я попыталась подняться, но нога болела настолько сильно, что боль отдавала до самого колена. Конечно, ведьминская сила могла бы помочь мне исцелиться, но на это требовалось время. Всё, что оставалось, — перевернуться на спину и тихонько отползать, наблюдая за личем, который медленно приближался ко мне, наслаждаясь ситуацией.

Хорошо, что и он вымотался: забег по лесу дался ему нелегко, да и мои зелья подпортили ему настроение, и мертвая зона отдалилась... Пока отползала, рукой нащупала большую палку, скрытую в листве. Ухватилась за неё покрепче. Пусть будет сюрприз для некоторых... На этом месте и замерла, боясь раньше времени обнаружить свою находку.

– Ведьма! – зло прошипел лич. Подошел практически вплотную и стал наклоняться, чтобы схватить меня за горло.

– Ведьма, – согласилась я, ухватила палку ещё крепче и со всего размаху огрела его по голове, стараясь вложить в удар всю свою силу, подпитанную природной энергией.

Он отлетел от меня красиво, потеряв равновесие и упав на землю. Взвыл яростно! Этот вой разнёсся по округе, заставляя листья с деревьев опадать вниз. Затем он поднялся на карачки и рванулся в мою сторону, словно ящер.

Я думала, что он просто сорвёт мне голову прямо на месте, но внезапно его бросок перехватил другой мужчина, появление которого вызвало у меня лёгкий шок и радость. Он отбросил лича так, словно это была пушинка, а не сильный, кровожадный и злой монстр.

Пока лич летел подальше от нас, мы с моим спасителем обменялись взглядами. Некромант!

Причём очень сильный!

Высокий, гигантом его не назовёшь, но тело поджарое, жилистое, точно не слабак. Если сравнивать... Он не молод, а скорее стальной клинок: ловкий, опасный, пластичный. Одет мужчина во всё серое, волосы такого же цвета, как одежда, длинные, в хвост завязаны. Глаза горели зелёным светом, а вокруг них вены вздулись и почернели, образуя специфический рисунок, уходящий прямо на виски. Меня даже передёрнуло от такого зрелища. У нас, ведьм, ночное зрение жуткое, но это было что-то совсем иное и смотрелось ещё тяжелее. Хотя, вру, взгляд у лича всё же был ещё похуже, вот где настоящая жуть!

Некромант подошёл ближе и протянул мне руку, предлагая свою помощь. Хотел помочь мне подняться с земли. Глупо было отказываться, и я приняла его помощь, ухватившись за протянутую руку. Но когда наши пальцы прикоснулись друг к другу и скрестились... некромант горько скривился, а я нервно потянула носом воздух и сглотнула вдруг ставшую вязкой слюну.

“Всё, набегалась!” – пронеслось в моём мозгу, и по телу разбежалась радостная стайка мурашек, бурно отмечая встречу с будущим мужем, и плевать им было на мнение хозяйки... моя магия принюхалась и словно удовлетворенно потянулась, заставив меня вздрогнуть.

Лисан Мерстин не отпустил мою руку, не разжал пальцы... Но по его глазам и мимике я видела, что он сначала хотел отбросить мою руку в сторону, словно ядовитую змею, но потом... Потом передумал!

Мужчина выдохнул, а потом просто дёрнул меня на себя и прижал к своей груди. Он зарылся носом в мои волосы и вдохнул их аромат. Я смутилась, ведь пахнуть от меня сейчас могло только потом, но некроманта, кажется, это не смущало. Наверное, пару секунд мы вот так и простояли, прижимаясь друг к другу, а потом мужчина отстранил меня от себя и заглянул в мои глаза, пытаясь найти в них что-то понятное только ему.

Искал ответы, почему всё так произошло? Да, побег суженой — это что-то из ряда вон выходящее и навряд ли поддающееся логике. Вот только ответы... Он их там не найдёт! Я сама не знаю ответы на многие вопросы и не понимаю порой своих импульсивных поступков.

Вот, например, сейчас мне до жути захотелось прикоснуться к губам мужчины...

— Ведьма... — прошептал Лисан и горько усмехнулся.

Его голос и слова... это отрезвило!

— Мне уже пять раз за сегодняшний вечер... или ночь, говорили об этом, — иронично усмехнулась я. — Да, я ведьма, и что из этого?

— Что из этого? Наградили боги суженой, — усмехнулся Лисан, одной рукой убрав листок из моих волос и откинув его в сторону. — Понять не могу, где так провинился...

— Могу тебе предъявить те же самые претензии, — выдохнула я, ойкнув. Ощущая, как его рука переместилась чуть ниже и легла на мою поясницу, невзначай погладив её. Это было неожиданно, но приятно... внутри всё откликнулось на такое невинное и в то же время тёплое, искреннее прикосновение. Даже дыхание сбилось, но я заставила себя быстро прийти в себя. Личу, как-то всё равно, что суженные наконец встретились. — Выясним отношения потом? Просто на нас уже злобно лич пялится и тихонечко в нашу сторону ковыляет, довольно оскалившись при этом. Нервная система у бедолаги знатно сдаёт, но аппетиты от этого меньше не становится. Будем друг другу жаловаться на жизнь или разбираться с этой проблемой? — Я кивнула в сторону лича и нервно усмехнулась. — Откуда тут эта тварюка взялась?

НЕКРОМАНТ В ПЛАНЫ НЕ ВХОДИТ

– С княжеской некромантской темницы сбежал неделю назад, – поморщился Лисан, нехотя делясь этой информацией.

– Ага, то есть ты здесь по работе, а не по личным вопросам?! – проговорила я, одновременно утверждая и спрашивая.

Сама тут же удивилась, услышав нотки обиды в собственном голосе. Это заметил и некромант, он весело рассмеялся, вызвав у меня хмурый взгляд. Ну а что? Да, меня кольнула обида! Лисан оказался... приятным, красивым мужчиной и... Демоны, он мне понравился! Но ведь это всё боги и их благословение? Внутри всё воспротивилось... а потом появилось сомнение, а может, нет? Если заглянуть глубоко в себя и попробовать не обманывать себя же... Лисан понравился бы мне, столкнись мы с ним случайно на дороге и не знай, кем друг другу приходимся.

– А ты убегала, чтобы тебя нашли, поймали и вернули обратно домой? – вернул мне колкость этот бледный гад, но ответа он на самом деле от меня не ждал. – Сама к дереву дойти сможешь?

– Палку подай, – я глазами указала на землю, где лежала моя "выручалочка".

Лисан усмехнулся, сделал пас рукой, и палка сама прыгнула к нему в ладонь. У меня, наверное, челюсть отвисла! А этот самодовольный гад сунул мне в руки палку и рассмеялся. В первый раз такую магию призыва предмета вижу!

– Рот закрой, – усмехнулся Лисан, успокоившись. – Приятно, что и я могу тебя чем-то удивить. Будешь хорошо себя вести, фокусам таким научу в будущем. Может быть... – задумчиво произнес он. – В сторонку отойди и под руку не лезь, пока я беглецом буду занят. Мне его шкурка нужна без серьёзных повреждений.

Я обиженно захлопнула рот, посмотрела на Лисана и утвердительно кивнула, давя в себе желание отвесить ему подзатыльник. Тоже мне... некромант! Но... Я не против, пусть решают свои мужские вопросы без меня. Смешно... ох мужчины...

лич, некромант, а... что же пусть определяются, кто в этом лесу круче, лич или некромант. Нет, чтобы прибить эту мерзость потустороннюю сразу же... Ну а я, что? Я и так норматив по бегу за сегодня перевыполнила, даже получила травму!

Лисан убедился, что я уверенно стою на ногах, опираясь на палку, и улыбнулся мне ободряюще, прежде чем направиться к личу. Сначала я думала дойти до ближайшего дерева и прислониться к нему, а потом так и осталась стоять на месте и нервно наблюдала за их поединком. Такие фейерверки начались, что было трудно не смотреть... Я любовалась своим некромантом, хотя одновременно с восторгом присутствовало и чувство дикого страха.

Они оба были очень сильными мужчинами, магами..., но сейчас боролись друг с другом практически без магии. Мне стало так жутко, что иногда кровь стыла в жилах от страха за некроманта. Зачем Лисан так рискует? Вдовой меня хочет сделать преждевременно? Так пусть сначала женится!

– Надо же, – горько усмехнулась я. – Уже своим считаю. Отбегалась... А зачем бегала?

В какой-то момент личу удалось схватить Лисана за горло, и они продолжили бороться врукопашную, уже полностью не используя магию. Моё сердце ушло в пятки, но, наверное, от страха организм мобилизовался, потому что боль в ноге перестала мешать, а инстинкт самосохранения ушёл отдыхать. Недолго думая, я бросилась с палкой в руках наперевес к ним. Они стояли недалеко друг от друга. Лич, спиной ко мне, не заметил и не почувствовал моего приближения. Я подбежала, занесла палку повыше и со всего размаху, и со всей дурью ударила ею по голове лича. Его голова не выдержала такого удара во второй раз, он пошатнулся, разжал руку, которой вцепился в Лисана, и грохнулся на землю. Я чуть не оказалась под ним, но вовремя отскочила в сторону.

НЕКРОМАНТ В ПЛАНЫ НЕ ВХОДИТ

– Ведьма... – недобро проговорил Лисан, зло посмотрев на меня и выругавшись. – Я тебе где сказал стоять? Ты понимаешь, что своими необдуманными действиями нарушаешь законы магии и логики?

– Ему это скажи! Смотри, как удачно логикой приласкало! – зло отрезала я, махнув головой в сторону лежащего лича. – Мне нужно было молча стоять и смотреть, как моего будущего мужа душат? Да? Спасибо за то, что оценил мой поступок и заботу!

– Ты... – Лисан опять выругался, переступил через лича, схватил меня за локоть и потащил в сторону ближайшего дерева. – Ты замуж за меня выходить не хотела! Сбежала прямо перед нашей первой встречей и официальным представлением! С чего ты, вообще, решила, что я на тебе после этого женюсь? – нервно и зло выговаривался некромант, выпуская свою злость и негодование наружу, волоча меня при этом за собой. – Эта наша встреча с тобой случайна, – припечатал он меня. – Если бы какой-то ненормальный не поднял сегодня весь старый погост в этих краях и лич не обозначил своё присутствие именно здесь... Меня бы тут не было, Айвана Родериг. Я один из сильнейших некромантов, глава Южного клана. У меня вот больше забот нет, как за неуравновешенной молодой и глупой ведьмой по лесам бегать? А постель мою и без тебя есть кому согреть! На тебе мир клином не сошёлся! Так что умерь свой пыл, девочка! – зло выплюнул мне в лицо некромант, впечатывая меня спиной в ствол дерева. – Здесь стой и не лезь, когда тебя об этом не просят! Жить надоело? Это лич, а не игрушка!

Лисан стал отходить в сторону, где лежал лич, а меня обида активно душила и, соответственно, не давала языку сидеть за зубами.

– Да не очень-то и хотелось твою постель согревать, – огрызнулась я от злости. В груди такая обида и ревность разливалась, боль к горлу подступила, сжав его. Захотелось сделать какую-нибудь гадость в ответ, больно ужалить! – Тоже мне, сильнейший некромант, глава клана, а с личем справиться сам не можешь! Может, и хорошо, что я получше тебя себе нашла! Сноб и хам! Зазнавшийся...

Тут же о словах своих пожалела, потому что маг замер. Потом медленно развернулся в мою сторону, и глаза его потемнели ещё сильнее. Мужчина шагнул ко мне, схватил за плечи и резко оторвал от дерева, к которому меня перед этим прислонил. А потом... Потом Лисан наклонился и впился в мои губы своим, смяв их почти жестоким, но страстным, требовательным поцелуем. Из моей груди вырвался стон облегчения, Лисан удовлетворённо рыкнул. Мои руки сами обхватили его шею, пальцы утонули в шёлке его волос. Мать моя, ведьма... Инстинкты проснулись, и началась активная привязка, нет для меня лучше никого, кроме него! Действительно нет! Дыхание сбивалось, тело горело... А ведь это считай мой первый серьёзный поцелуй! Всё остальное... невинные шалости и любопытство...

Я отвечала Лисану с жаром, горела в его руках, энергетика и магия, словно взбесились... Постепенно поцелуй Лисана стал нежнее, глубже, интимнее и откровеннее. Как же он обжигал, рождая внутри самые порочные желания... Совершенно новые и пугающие меня ощущения и желания! Я почувствовала, как рука некроманта уверенно легла на мою поясницу, и мужчина прижал меня к себе ещё сильнее. Другой рукой он освободил мои волосы от резинки, удерживающей их в хвосте. Волосы рассыпались по плечам, и он зарылся пальцами в них, с восторгом сжимая у корней, не давая моей голове ускользнуть от его губ и страстных ласк.

Мой разум затуманился, а тело податливо плавилось... Я пришла в себя только тогда, когда почувствовала, что руки Лисана нагло проникают под мою рубашку, задирая её вверх, и начинают гулять подушечками пальцев по коже спины, очерчивая каждый позвонок. Сколько же у меня там чувствительных точек оказалось... Кажется, я совершенно не знаю своего собственного тела!

Одна особо нахальная конечность Лисана перебралась на мой живот и поползла медленно вверх к груди. Грудь предательски налилась, соски тут же затвердели и стали чувствительными. Жёсткая ткань рубашки раздражала, а внизу живота разлилось приятное тепло, и томление...

Всё бы хорошо, но память услужливо напомнила всё, что совсем недавно озвучил Лисан! Жениться он на мне не собирался, а ещё у него была любовница! И, возможно, даже не одна! Тогда зачем... зачем всё это? Чтобы что? Да и... ну не здесь же заниматься любовью, ещё и при свидетелях... почти живых... Подумаешь, лич пока ещё не пришёл в себя, так его добить нужно, а не...

Ладонь Лисана накрыла мою грудь и сжала её.

Этого я уже терпеть не стала. Ударила коленом "жениха" в причинное место, заставив некроманта, наконец, оторваться от моих губ и убрать свои загребущие руки оттуда, где им быть не положено! Ну а что? Мы ещё не женаты! А кто-то и не хочет, чтобы его женой ведьма стала! Тогда зачем руки тянет?

Лисан застонал, выдохнул, сложился пополам и выругался. Правда, он достаточно быстро пришёл в себя, выпрямился и одарил меня очень хмурым взглядом.

– Ведьма! – выдохнул некромант и так посмотрел, что захватило дух, мне даже стыдно стало!

Но... это ведь не у меня есть любовник, а у него любовница! Да, я сбежала, и что? Я суженая! Бери и догоняй!

Не знаю, до чего бы мы с несостоявшимся мужем договорились, но тут лич стал проявлять признаки активности, периодически порыкивая. Он попытался встать на четвереньки, ещё и упыри мои подоспели. Правда, совсем не вовремя, но... они нашли свой "ужин", или уже точнее "завтрак". До рассвета оставался всего час.

В ближайших кустах раздался треск. Из них выскочила первая партия: упитанная троица, которая остановилась возле лича, принюхиваясь и присматриваясь. За этой троицей последовало ещё четверо. Все они жадно облизывались, предвкушая настоящий пир, и смотрели на меня очень плотоядным взглядом. Руки сами полезли в сумку за оставшимися зельями. Там лежали три флакона с приворотным зельем. Пока лич будет заниматься разборками со своими новыми поклонниками, у меня будет время вскарабкаться на дерево.

– Только не говори, что эти по твоему следу от погоста сюда шли, – услышала я растерянный голос некроманта совсем рядом с собой.

– Хорошо, не буду такого говорить, – спокойно согласилась я, ловя на себе уже задумчивый взгляд Лисана. Пока он меня своими глазами сверлил, я достала склянки с зельем, размахнулась со всей дури и кинула их в сторону упырей и дёргающегося лича.

Те звякнули, разбились, и всю эту дружную компанию заволокло розовым дымом. Когда розовое сладковатое марево развеялось, картинка была загляденье: два упыря лезли к личу с поцелуями, ласково завывая, а он их отпихивал от себя. Два других упыря пытались пожёвывать его ноги, также с любовью и восторженными взглядами. Ещё три затеяли драку между собой, не могли поделить любовь всей своей жизни. Собственники... Некромант стоял рядом со мной и присвистнул, а я, недолго думая, развернулась и начала карабкаться по дереву вверх. Мало ли, сейчас в любовной драке ещё зашибут ненароком. До рассвета оставался всего час, глупо так погибнуть не вовремя.

Планам моим не суждено было сбыться, потому что сильные мужские руки отодрали меня за шкирку от облюбованного дерева и, как шкодливого котёнка, развернули и приподняли перед собой, чтобы вглядеться в мои ведьминские бесстыжие глаза. Наверное, некроманта интересовал вопрос, есть ли в них совесть. А она есть, зараза, только глубоко прячется. Главное, чтобы сейчас не полезла наружу! Не вовремя это будет!

– И чем таким интересным ты их облила? – задумчиво спросил Лисан, вертя меня в разные стороны и рассматривая, словно диковинную зверушку.

– Зельем любовным, – решила лучше сразу сознаться в содеянном, может тогда отпустит.

– А на дерево зачем поползла, словно пьяная гусеница? – озадачился он.

– Ты их плотоядные взгляды видел? Я им завтраком не хочу становиться, – возмутилась я и попыталась ногами до земли дотянуться. – Отпусти!

– А то, что рядом с тобой некромант, тебя, вообще, не смущает и на мысль, что я их упокоить могу, не наталкивает? – ещё больше удивился мужчина, но на землю меня всё же поставил и даже руки убрал. Стоит, взглядом меня хмурым прожигает.

– А что же не развеял, точнее, не упокоил тогда? – возмутилась я, поправляя рубашку и отряхивая её. Сначала хмуро покосилась на него, потом на нежить. – Откуда я знаю, что у тебя в голове? Ты на них, вообще, не реагируешь. Может, таким образом решил избавиться от ненужной тебе суженой, – не подумав, ляпнула я и тут же прикусила язык. Ну вот, почему он всегда быстрее мозгов работает?

– Дура, – обиделся Лисан, прожигая меня осуждающим взглядом.

– Дура, – согласилась я, вызвав у него нервный смешок.

Лисан поднял глаза к тёмному небу, усыпанному звёздами, и покачал головой, всем своим видом показывая: "за что мне всё это".

– Развеивать... упокаивать будешь? – неуверенно спросила я, потянув его за край рукава. – Мне эти морды голодные ещё три дня назад не понравились. Один чуть за ногу не цапнул, – пожаловалась я, тыкая пальцем в того, который залез к личу на руки и начал ласититься к нему, тёрся о грудь высшей нежити! Упитанный такой гад...

– Ты что, три дня назад на погосте была? – Лисан посмотрел на меня задумчивым и тяжёлым взглядом.

– Так полнолуние было, а мне синий папоротник нужен был, – стала я оправдываться. – А он только в таких местах растёт. Тут-то раньше спокойно было, погосты спящие все. Получается, лич в наших краях уже в это время был? – ужаснулась я, думая, что чудом первая на него не нарвалась.

Это я пошла спасать Алёнку, а про меня и не вспомнили бы...

– Нет, – отрицательно покачал головой Лисан, улыбаясь, глядя на упырей и лича. – Не было его ещё тут тогда, я по его следу всё это время шёл, он петлял, потом меня отвлекли... упустил на одни сутки, а он сюда забраться успел. И ещё... Нет спящих погостов, Айка, обман это всё, у каждого такого места своя история. Просто, как правило, они питаются живностью лесной, мышами, пока более крупная добыча сама к ним в гости не приходит, – усмехнулся маг и посмотрел на меня.

Я нервно сглотнула. Да, чтобы я ещё раз на какой-то погост сунулась, нет, нет, нет. Кажется, староста останется без зелья...

– А папоротник тебе зачем?

– У орков за него выменяла волос единорога, – задумчиво проговорила я, тоже любуясь своими упырями, которые личу уползти не давали. Любо глянуть! Такая идиллия!

– Боги, Айка, – рассмеялся Лисан. – А волос единорога тебе зачем? Его же только в одном случае для зелий используют, – словно что-то осознав, некромант в миг стал серьёзным, а его взгляд резко потемнел и похолодел. – Любовник твой уже не справляется? Плохой выбор сделала ведьма, – жёстко произнес Лисан смерив меня с ног до головы брезгливым взглядом.

НЕКРОМАНТ В ПЛАНЫ НЕ ВХОДИТ

– Совсем дурак? – ощетинилась я. – Старосте города, в котором я живу, зелье нужно было сварить, а то он грозился пресветлой инквизиции на меня пожаловаться, а на её костре мне, знаешь ли, как-то гореть особо не хочется, – неосознанно передёрнула плечами. – Одного раза с головой хватило! Красочно так запомнила всё, подробно! И как на костёр тянули, и как в него веточки подбрасывали. Чудом ноги унесла!

– Тебя сжечь хотели? – прошептал Лисан и... он как-то по-другому стал меня рассматривать, что-то в его взгляде неуловимо изменилось и потеплело.

– Хотели, – утвердительно кивнула. – Но я им пыл поубавила, прежде чем сбежать прокляла. Проклятия у меня хорошо получаются. Потом они две недели кругами вокруг меня ходили, чтобы проклятие сняла. Сняла – они успокоились. А вот староста нет.

– Ну и что, ты сварила старосте зелье? – устало спросил Лисан, покачав головой. Кажется, я взорвала все его стереотипы...

– У меня фамильяр – белка, – усмехнулась я. – А белки своей зависимостью к блестящим вещам славятся. В общем, эта клептоманка спёрла волос и где-то тут, в этом лесу, спрятала его. Я, конечно, поищу, но сомневаюсь, что найду. И вот после того, что ты мне о погостах рассказал... думаю, староста останется без зелья.

– Понятно, правильное решение, – усмехнулся некромант и кивнул, а потом улыбнулся и тепло посмотрел на меня. – Тебе никто не говорил, что ты стихийное бедствие?

– Бабушка моя говорила, – созналась я. – Ты их развеивать будешь? Мне не нравится, как они в мою сторону поглядывают, – я шаг назад сделала и к Лисану за спину отступила, положив ладони на его спину.

Почувствовала, как Лисан вздрогнул от прикосновения, замер, как мышцы у него на спине окаменели. Я даже неуверенно своими ладошками по ним поводила, чтобы размять, но, кажется, добилась противоположного эффекта.

— Зачем же их развеивать, — проговорил мужчина, позволяя мне гладить свою спину, но мышцы от моих прикосновений не расслаблялись. Он, вообще, стал очень нервным и напряжённым. — Такое всему клану показать нужно, — усмехнулся он.

Лисан, не предупреждая, поднял руки, стал выводить магические пасы, обхватывая лича и упырей энергетической решёткой, которая будет их сдерживать и за свои пределы не выпустит. Потом резко рукой черту прямую провёл, открывая портал прямо под этой клеткой, заставляя её и её содержимое в него нырнуть.

Ох, силён некромант... я от неожиданности и восторга нервно выдохнула и замерла. Даже гордость внутри зашевелилась, но ревность ей живо надавала оплеух, спуская с небес на грешную землю.

— И куда ты их отправил? — озадаченно спросила я, пытаясь сдерживать свои мысли и желания.

— В свой клан, — Лисан продолжал стоять спиной ко мне.

Хоть он не разворачивался, но я почувствовала, как его плечи постепенно расправились, мышцы всё же расслабились, а на устах мужчины играла лёгкая улыбка. Я её не видела, но чувствовала.

— Дальше с ними и без меня разобраться смогут, — тихо проговорил Лисан.

— А почему лича в темнице держали? — любопытно всё же полезно наружу. — Ещё и княжеской?

— А где его держать? — хмыкнул Лисан.

— Я имею в виду, почему вообще...

— Не уничтожили? — понял меня некромант. — Лич — это бывший некромант, и разум там вполне сохранён, как и магия.

— А своих вы типа...

– А свои, если единому главе кланов – князю, служат и чёрных дел не творят... Да не трогаем, могут быть полезны.

– Но этот в темнице сидел! Как преступник! И как лич может не творить...

– Может, – перебил меня Лисан и усмехнулся. – Сидел в темнице, значит, так нужно было!

– Понятно, – вздохнула я. – Клад зарыл и не хочет рассказывать где.

– Глупости не говори, не порть приятное впечатление о тебе.

– Вообще-то это была язва! – возмутилась я. – Понятно же, что ты мне не ответишь на вопрос.

– Ведьма... – но уже по-доброму сказал Лисан и сделал новый пас рукой, открывая ещё один портал прямо в метре от нас. Развернулся ко мне и аккуратно взял за плечо, легонько подталкивая в сторону портала. – Иди, – прошептал Лисан. – Он тебя прямо к местному городу перенесёт, и больше по погостам не бегай. Это опасно!

– Я туда не на прогулку ходила, – проворчала я, останавливаясь и не собираясь идти в портал.

– Не на прогулку, – кивнул Лисан. – Только мне или моим людям после вот таких любопытных как ты работы прибавляется, а мы человеческое княжество недолюбливаем! Иди!

– Спасибо, конечно, – вздохнула я, прикусив губу от обиды, чтобы лишнего не наговорить. Это же он меня выпроваживает подальше от себя, получается, не нужна ему ведьма в роли суженой. И жена ему такая, как я, не нужна! Было обидно! Вот вроде радоваться нужно... добилась того, чего хотела, а оказывается, хотела не этого! – Но мне сначала Алёнку забрать нужно, – прошептала я. Некромант на меня непонимающе посмотрел, я, тяжело вздохнув, пояснила. – Сегодня утром у погоста ребёнок пропал, девочка. Зовут Алёна. Но староста с её тётей ко мне только в три часа дня пришли и помощи попросили. Пока я её нашла, ночь наступила. Её этот лич похитил. Тут, оказывается, гиблое место есть, в котором лес умер и растительность совсем не растёт. Там большой каменный алтарь, а ещё склеп рядом. Старый, древний, – задумчиво проговорила я, – но не разрушенный. Так вот, лич этот ребёнка хотел в жертву принести, зачем – не знаю. Какой ритуал собирался проводить – тоже не знаю. Я Алёну успела забрать, оберег на шею ей одела и на сосну, практически на самую верхушку, посадила с помощью силы ветра, она сама оттуда не слезет. Так что ты иди по своим делам, а я за ребёнком. Глаза постараюсь больше не мозолить...

Я уже начала уходить, чувствуя, что Алёнка где-то рядом и я быстро её найду. Но Лисан схватил меня за руку, не позволив уйти. Он закрыл свой портал и минуту стоял молча, внимательно рассматривая меня, не отпуская. Затем он усмехнулся.

– Так ты сюда за ребёнком пришла? – тихо так, проникновенно спросил некромант.

– Нет, знаешь, мне просто нравится самой себе приключения на пятую точку искать, – возмутилась я, пытаясь освободить руку из его захвата.

– Я помогу снять ребёнка с дерева, – Лисан не отпустил мою руку. – И покажи мне это гиблое место. Жертвоприношение, старинный склеп – это всё намного серьёзнее, чем я думал, – покачал он головой. – Теперь понятно, почему он петлял и путал следы. Надо понять, что там происходит...

– Идём, тут не так уж и далеко, – вздохнула я, с одной стороны обречённо, а с другой – обрадовалась, что ещё немного смогу побыть рядом с ним, и сама этих чувств испугалась. – Лисан, а что значит серьёзнее? Что тут лич делал?

– Нужно осмотреть место, алтарь и склеп, – пожал плечами Лисан. – Однако, исходя из твоих слов, он хотел пробудить и оживить того, кто находится в склепе. Склеп Картака находится на землях Северного клана, то есть этот склеп точно не его, и он там не прятался. Лич – это особенная нежить, они предпочитают иллюзию обычной жизни.

– И кого он хотел оживить? – ужаснулась я.

– Учитывая, что жертва женского пола...

– Женщину?

– По-видимому, да, – пожал плечами Лисан. – Поэтому и хочу посмотреть. Мне только ещё одного неучтенного лича на своей территории для полного счастья не хватает.

Я споткнулась, но Лисан подхватил меня и не дал упасть. На моём лице расползлась довольная улыбка, которую пришлось прятать, но она быстро исчезла.

Получается, я уже бесповоротно вляпалась в Лиса и всю эту историю.

Дальше мы с ним молча петляли между деревьями, и постепенно начало светать. Ночь кошмаров закончилась, дышать стало легче.

Когда мы подошли к гиблому месту, Лисан его почувствовал, напрягся и бросил на меня мрачный взгляд. Я заметила дерево с Алёнкой и сразу побежала к нему, хотела с помощью стихии ветра снять испуганную девочку, но не успела. Мой некромант показал чудеса ловкости и виртуозности в прыжках. Лисан совершил такие нечеловеческие прыжки, что в один миг оказался на ветке с ребёнком, подхватил её на руки и прыгнул вниз, мягко приземлился на землю. Теперь понятно, как он тогда, там, где мы с личем дрались, так неожиданно появился.

– И все некроманты так умеют? – озадаченно спросила я, забирая перепуганную Алёнку из его рук и прижимая к себе. – Тш, маленькая. Всё хорошо закончилось, сейчас домой пойдём, – стала успокаивать девочку.

– Айка, – всхлипнула Алёнка, – живая! – у неё по щекам потекли слёзы, ребёнок дал волю своим чувствам, вся вжалась в меня и спрятала голову на моём плече.

Потом она притихла, молча вцепилась в мою шею, обняла и только всхлипывала, не в силах ничего сказать. Долго теперь будет приходить в себя, пока забудет все эти события.

— Некроманты умеют по-разному, — покачал Лисан головой и тёплым взглядом пробежался по мне с Алёнкой на руках. — У каждого свои таланты.

— Вон там гиблое место, — махнула я свободной рукой в сторону почерневших деревьев. — Два метра мёртвого леса, потом поляна и склеп, а ещё алтарь.

Лисан перевёл взгляд в указанное направление, прикрыл глаза и молча стоял минуту, к чему-то прислушиваясь. А я залюбовалась им. Красивый он оказался, статный, тело поджарое, всё на месте, не перекачан... Черты лица мужественные, приятные, особенно когда без этих жутких чёрных вен на висках. Да и сам он человек хороший, точнее, некромант хороший оказался.

Мы с ним практически одновременно вернули себе обычные человеческие черты, у меня когти исчезли и взгляд перестал быть жутким, а зачем он сейчас? Светло уже. Пока суженого рассматривала, не заметила, как рядом открылся портал. Из него стали дружно некроманты вываливаться, всего пять человек. Я, когда их заметила, даже вздрогнула. Четверо мужчин и одна женщина, красивая очень, с таким же цветом волос, как у Лисана. Мужчины молча поклонились ему и последовали в гиблое место, а вот женщина бросилась ему на грудь, обнимать стала, в щёки целовать. А на меня, как будто ушат холодной воды вылили, так больно в районе груди стало, как будто сердце из груди ещё бьющимся, живым вырывали. Ну не могла же я в него за один вечер влюбиться? Или с моей удачей могла?

— Лисан, как ты мог один за личем отправиться? — выговаривала его красавица. — Только недавно от ран оправился. Как ты мог! А обо мне кто подумает? Я же переживала и волновалась! Если тебя не станет... кто место главы займёт? У тебя наследников ещё нет!

— Каких ран? — вставила я холодно свои пять копеек, не удержалась. У самой мороз по коже пробежал и левый бок заболел... Значит ранили его в левый бок! Надо же... как связь быстро формируется.

— А вы кто? — окинула она меня любопытным взглядом.

Но я ей представиться не успела, поймала тяжёлый предупреждающий взгляд от некроманта, чуть собственным возмущением не подавилась, но приняла его решение. Так хотелось сказать этой красавице, что я его будущая жена, но взяла себя в руки и промолчала. Какие я права, собственно говоря, на него имею? Сама от него убежала, даже познакомиться не захотела. Унизила этим! Он же глава клана, а там кроме всего политика... Пожинай теперь, Айка, дела своих рук и поступков, это справедливо.

— Ведьма местная, — проговорил холодно Лисан. Такое безразличие в его голосе слышалось, что я чувствовала, как каждая клеточка моего сердца замерзает и каменеет. — Тут ребёнок в лесу пропал, она на его поиски отправилась. На нашего лича натолкнулась, смогла ребёнка от жертвоприношения спасти. Ну и тот подарочек, который я вам переслал, — это её рук дело.

— Правда? — восхищённо выдохнула девушка и протянула мне руку, даже неудобно стало за свои нехорошие чувства по отношению к ней. — Лаведия, — представилась она.

— Айка, — пожала я ей руку, а сама губу прикусила практически до крови. И вот как такую милую любовницу своего суженого можно ненавидеть? Милая, хрупкая, нежная... даже мне совесть не позволит её обидеть.

— Айка? — она удивлённо приподняла брови. — А не из рода Родериг случайно?

— Из него, — кивнула я, внимательно на неё посмотрев. Знает, кто я? Однако безмятежность с её лица не исчезла, и ревности там не появилось.

— Лисан, отпусти девушку, — стала возмущаться Лаведия, осмотрев меня со всех сторон. — Ты посмотри, на ней лица нет, бледная вся как поганка. Ей отдохнуть нужно, не до расспросов сейчас. Успеем ещё поговорить с ней, тем более знаем, где искать. Отпусти, пожалей!

— Правда? Уставшая? — тепло улыбнулся ей некромант, одной рукой приобнял, вызвав у меня зубной скрежет. — А ещё полчаса назад такая острая на язык была и смелая.

— Перестань, — шутя, стукнула она его кулачком по груди, вызвав тихий и довольный смех некроманта. Прямо идиллия! — Ты извини его, он порой бывает очень несносным, но он наш глава, как понимаешь, должность обязывает.

— У каждого свои недостатки, — выдохнула я, пытаясь скрывать бушующие во мне эмоции. И вот как он мог меня целовать? Да ещё так пылко? Если у него такая любовница?

— Надо же, ещё никто не говорил, что быть главой клана — это недостаток. Впервые от тебя такое слышу, — рассмеялась Лаведия.

— Лаведия, — перебил её Лисан. — Пойди на склеп посмотри. Кроме тебя тех, кто в древностях такого рода разбирается, и нет никого больше в нашем клане, а к соседям за помощью обращаться не хочется. Хотелось бы понимать, кого хотел призвать в мир живых наш лич и зачем. Чувствую, что захоронению более тысячи лет. Если это склеп сильной магички или ведьмы, нужно остатки изъять и сжечь. Сюрпризы никому не нужны! Займись!

— Уже бегу, — восторженно всплеснула она в ладоши. — Приятно было познакомиться, ещё увидимся, — бросила девушка мне и побежала в сторону гиблого места. Резво так побежала, а я её грустным взглядом проводила.

НЕКРОМАНТ В ПЛАНЫ НЕ ВХОДИТ

Понятно теперь, кто ему постель согревает. В груди стремительно свои крылья раскрывала ревность. Вздохнув, я перевела взгляд на Лисана, подхватывая поудобнее Алёнку на руках. Девочка выдохлась и, ощутив, что находится, наконец, в безопасности, просто заснула. Лисан пристально посмотрел на меня, так, что мне стало неуютно. Я вовремя спохватилась и, взяв себя в руки, попыталась спрятать все те противоречивые чувства, которые во мне бушевали и, скорее всего, красноречиво отображались на лице. Наверное, получилось не очень правдоподобно, потому что Лисан улыбнулся и покачал головой.

– Тебе портал открыть? – спросил он тихо.

– Своими ногами доберусь, – зло выдохнула я, всё же бушевала во мне нешуточная обида на Лисана.

Нет, я как бы всё понимаю... Я сама сбежала. Зачем ему беглая и непонятная невеста? Особенно если есть постоянная, красивая и верная любовница?

– О ребёнке подумай, а не о гордости своей, – усмехнулся Лисан и покачал головой, а я сдалась, чем опять немного его удивила.

– Открывай свой портал, – горько выдохнула я. – Действительно, Алёнке уже давно пора оказаться среди родных, итак на её долю многое выпало.

Хотелось поскорее отсюда сбежать. Сбежать и больше с Лисаном не сталкиваться.

Лисан усмехнулся и опять простой пас рукой сделал. Воздух заискрился и пошёл рябью, портал открылся прямо передо мной.

– Спасибо, – прошептала я и сразу вошла в портал, больше не поднимая взгляд на Лисана.

Не хотела встречаться с его глазами, не хотела запоминать его образ ещё чётче. Больно... но сама всё это заслужила! Однако...

Достаточно того, что он уже впечатлил меня и, кажется, по уши влюбилась в него. Надо же было бегать от него, чтобы потом вот так всё сложилось, а душу всё сильнее обволакивало сожаление. Встретить, влюбиться, а потом понять, что ты ему особо и не нужна, хоть и суженая.

Демоны... Но сама ведь дел наворотила? Он поначалу от брака не отказывался, подготовка к церемонии шла полным ходом, а я... Теперь пожинаю плоды своих поступков. Вот он, бумеранг в действии. У меня есть уникальная возможность узнать и прочувствовать всё то, что чувствовал Лисан после моего побега. Наверное, стоило для начала хотя бы с ним поговорить?

Но ведьма есть ведьма! Стоило за моей спиной сомкнуться порталу, и я зло выдохнула, опять удобнее перехватив спящего ребёнка.

— Да, сама виновата, но всё равно гад! Чтобы тебя совесть заела, а по ночам о своём поступке всё время думал! Любовница у него... А ей суженого побыстрее встретить! — проворчала я и медленно побрела по каменной дорожке к дому старосты.

Лисан не обманул, да и силён он магически оказался. Портал открылся прямо в черте города. До домика старосты пять минут пешком, а к себе домой я уж как-нибудь теперь точно доберусь...

ГЛАВА 5 – Замок Южного клана.

Лисан сидел в своём кабинете и внимательно перелистывал отчёты. Дела клана требовали его личного внимания, а ещё и проблемы с личем... пришлось лично выходить на него, искать, ловить, а теперь и содержать у себя, ведь это брат князя. Именно поэтому лича нельзя было уничтожить. Особое распоряжение князя! Хотя... Лис знал Картака ещё тогда, когда тот был вполне живым и адекватным человеком, некромантом... Ну, почти адекватным... Не хотелось Лисану уничтожать Картака, может, это и неправильно, но не рассказывать же об этом всём... жене!

Лисан усмехнулся и покачал головой, откладывая бумаги в сторону. Он вздохнул, встал и подошёл к окну, заложив руки за спину. Жена... Надо же было с ней там столкнуться, ещё и во время охоты...

В дверь постучали, и Лисан обернулся.

– Глава? – в приоткрытую дверь заглянул начальник внутренней стражи.

– Привели? – хмыкнул Лисан.

Он видел и понимал, что его люди сейчас избегали попадаться ему на глаза. Ну да... после встречи с Айкой настроение у него было не из лучших, а никто не хотел получить дополнительный наряд.

– Может, с охраной? – неуверенно спросил Питер (начальник стражи).

– Питер, я всё же сильнейший некромант Южных земель! – скривился Лисан. – Ещё бы я с личем, закованным в антимагические кандалы, боялся лично встречаться. Впускайте!

Питер кивнул и скрылся за дверью. Вскоре она открылась, и в кабинет вошёл Картакар. Раны на его теле успели полностью затянуться, и глаза уже не были кроваво-красными, лишь лёгкая красноватая дымка. Картакар осмотрелся, усмехнулся и спокойно направился к креслу. Усевшись, он бросил вопросительный взгляд на Лисана.

— Восстановился? — усмехнувшись, произнёс Лисан рассматривая пристально лича.

— Чем обязан такому вниманию? — тоже усмехнувшись, произнёс лич. — Вот уж не думал, что ты захочешь меня лично увидеть.

— Хочу понять, что у тебя в голове? — усмехнулся Лисан, сложив руки на груди.

— Лис... — засмеялся Картакар. — Ты же не думаешь, что я сам тебе всё чистосердечно расскажу?

— Ну, допустим, почему ты петлял, я уже понял, а вот тяги подарить миру ещё одного лича нет. Вы вроде не жалуете друг дружку. Ну и зачем?

— Всё тебе расскажи да объясни, — Картакар немного нервно постучал пальцами по подлокотнику кресла. — Норгон не дурак, послал по моему следу лучшего, но ведь мне удалось тебя запутать!

— Всего лишь отвлекли, — хмыкнул Лисан.

— Хорошо отвлекли! Как бок?

— Как видишь, жив, — рассмеялся Лисан и подошёл к небольшому столику, взял стакан и налил в него из кувшина красную жидкость. Потом протянул стакан личу. — Не ожидал от тебя такого, но зла не держу.

Тот не отказался от угощения, подхватил предложенный стакан, поднёс к носу и принюхался, а потом расплылся в довольной улыбке.

— Не кровь, но высококлассный заменитель, — восторженно произнёс Картакар. — Лис, а может, я у тебя останусь вечность проводить? Передашь меня следующему поколению по наследству, а почему нет? Камера с комфортом, кормят, поят... почему не быть паинькой?

– Нет уж, сам со своим братом выясняй отношения, – хмыкнул Лисан. – Хорошее к тебе отношение только из-за заслуг прошлого, но... Ты ребёнка хотел убить!

– Издержки профессии, – пожал плечами лич и отпил из стакана, довольно поморщившись. – При жизни казалось гадостью, а сейчас райским напитком. За твоё здоровье, старый друг, – Картакар отсалютовал стаканом Лису и снова пригубил, делая пару глотков.

– Что вы с братом не поделили?

– Кто его знает...

– Картакар, я ведь могу оказаться не самым гостеприимным хозяином!

– Что мы не поделили? Женщину, власть и жизнь? – философски произнёс лич и пожал плечами.

– Дурак! – покачал головой Лисан. – У тебя не было суженой, а творить безумие из-за...

– Согласен, дурак, – кивнул Картакар и усмехнулся. – Прошлого не изменишь, будущее пластично. Всё ли было так, как вы думаете? А Лисан? Ладно, – лич махнул рукой. – Всё это лирика и мои проблемы. Кстати, моя ведьмочка осталась жива? Может, по старой памяти поселишь её в моей камере? Объясню ей, что влюблённые упыри – это не серьёзно...

– Не твоя ведьмочка, а моя суженая! – прорычал Лисан. – Только тронь..., и я не посмотрю на запрет Норгона тебя не убивать!

– Да... – задумчиво произнёс Картакар и залпом допил кровезаменитель, отставив стакан в сторону и внимательно посмотрев на Лисана. – Странные у братика извращения. Сам убил, сам воскресил и сам запер. Но это наши с ним дела. Что же до ведьмы... Ну, раз суженая, претензий не имею и прав не заявляю. Извини, Лисан, но, как говорится, сам дурак. Почему твоя женщина ночью по лесу шляется, ещё и по погостам и старинным местам захоронения? Я там гостей не ждал и никого не приманивал. Даже, наоборот, за собой прибрался, ну немножко старый погост растормошил, чтобы людишек отвлечь. Ты бы жену свою к рукам прибрал что ли... – лич замолчал и усмехнулся. – Хорошая она у тебя, что редкость. Даже завидно. Смотри, не я так другой...

– Зачем хотел создать еще одного лича?

– Ты же знаешь, что я не отвечу.

Они молча мерялись взглядами, пока Лисан не выдохнул тяжело и не отвернулся к окну, не опасаясь подставить спину личу.

– Не отпустишь? – устало спросил Картакар.

– Был бы живой, отпустил бы, – мрачно произнёс Лисан, разворачиваясь к Картакару.

– Ну смотри, тебя за язык никто не тянул, – рассмеялся Картакар, поднимаясь с кресла. – Я пойду? У меня там в камере тараканьи бои намечаются.

– Иди, – усмехнулся Лисан.

Лич тоже усмехнулся и направился к двери. Остановившись возле неё, он оглянулся.

– Лис, когда меня брату вернёшь?

– Можешь собирать вещи и тараканов с собой прихвати.

– Всенепременно, – рассмеялся лич. – А ты подумай о том, что я сказал по поводу ведьмы! Не знаю, что у вас произошло, но... Это не мое дело, мне своих проблем хватает!

Картакар открыл дверь и вышел, где его встретила стража и повела в темницу. Лисан вздохнул и снова подошёл к окну.

Надо же было ему в лесу натолкнуться на беглянку – Айвану Родериг. Не просто суженую, а давно уже законную супругу! Боги сразу благословили их и активировали связь, оставив метки на запястьях идеальной пары. Правда, пара оказалась далеко не идеальной! Айвана не обрадовалась обретению суженого и сбежала! Причём сбежала в самый неподходящий момент: гости приглашены, клятвы в храме заочно принесены, договора с родом Родериг подписаны... а жены и след простыл. Слухи, сплетни, скандал...

Первый порыв был догнать, выпороть и запереть в замке, но потом пришло осознание: зачем? У него и так проблем хватает... зачем ему жена, которую придётся силой удерживать? Чтобы она его ещё больше возненавидела? Ждать удара в спину или яда? Своих отравителей хватает!

Вот Лисан и не догонял, и не искал, изредка только осведомляясь о жизни супруги. Нравилась она ему... но насильно мил не будешь. Первые полгода надеялся, что беглянка сама образумится и придёт к нему, чтобы поговорить. Зря надеялся... Айка очень органично вписалась в жизнь тёмной ведьмы. Жила среди людей и на жизнь особо не жаловалась, о суженом тоже не вспоминала. Разные ходили слухи... Жене его приписывали тайные любовные связи, Лис не верил, не было рядом с девушкой замечено посторонних, но...

При встрече ведьмочка сама озвучила, что сбежала из-за того, что нашла себе кого-то лучше, чем он. Лисана кольнула ревность, и он выругался, облокотившись руками о подоконник.

– Зараза мелкая! Надо же было так не вовремя встретиться! Ещё и окончательно запечатлеться! Поначалу даже не узнал... как всего за год изменилась, похорошела и повзрослела... энергетика сильнее стала.

Перед глазами сразу же возник образ Айки: растрёпанные светлые волосы, невероятно красивые глаза. Да, ему они нравились даже с вертикальным зрачком. Две сверкающие звёздочки, а губы... вспомнилось, как он не выдержал и поцеловал девушку, вначале от злости и ревности, а потом... а потом потерял над собой контроль! Слишком желанна... И плевать ему было, что где-то рядом лежит бессознательное тело лича, который когда-то был почти другом.

Лис скривился и мотнул головой, но перед глазами опять возник образ девушки. Мягкие, податливые и такие сладкие губы... а изгибы тела какие... и ведь...

– Либо мелкая пакость меня обманывает или просто злит, либо... у неё точно не было много любовников! Слишком пуглива и... неопытна! Демоны, как хороша... – прошептал Лисан, чувствуя, как его плоть наливается, и в штанах становится мало места. – Демоны... – выругался Лисан.

Сейчас бы снять напряжение тела, но проблема в том, что никто, кроме суженой, больше не прельщал. Не тот запах, не те глаза, не тот голос... всё серое и невкусное, а здесь только от одного воспоминания иди в душ... а ещё сны... Прошла неделя после его встречи с Айкой, и каждую ночь ему снилась девушка. Ярко снилась, но главное – без одежды и в очень откровенных позах... а ещё она шептала его имя и очень сладко стонала... Лисан скривился и выпрямился, растирая ладонями лицо.

– Действительно нужно душ принять, причём холодный! Да что же такое, работать не могу! А через три дня совещание кланов в княжеском замке! Ещё и братика князя нужно туда невредимым доставить. Норогон... Зачем впутывает меня в свои дела? Верность хочет проверить? Как же не вовремя...

Лисан размял шею, а потом опять уставился в окно.

– И что делать? Пытаться выяснить отношения с Айваной? Так после того, что я ей наговорил в лесу, ведьма скорее проклянёт, чем будет адекватно себя вести. Обиделась... и к себе не подпустит... – Лис рассмеялся.

Не было у него любовниц, точнее, были, но ровно до того момента, как случайно столкнулся в доме советов магов с одной молоденькой ведьмочкой. Ведьмочкой, которая даже не обратила на него тогда внимания и не запомнила, а потом, возможно, ещё и возненавидела! Иначе зачем сбежала? А может, все эти сплетни всё же правда? Ещё в ведьминской школе влюбилась в какого-нибудь любвеобильного ведьмака? Поэтому и сбежала, а он её бросил? Кому нужна ведьма, у которой суженый уже определился? С богами спорить никто не будет, и ребёнка такая ведьма только от суженого зачать сможет. Серьёзных отношений с ней никто строить не будет.

Лисан рассмеялся и покачал головой, а потом скривился. А не поэтому ли Айка так легко восприняла их запечатление? Не из-за этого ли решила вдруг стать его женой? Знала бы ведьма, что уже давно замужем! Айка на него не обратила внимания, а вот боги заметили их встречу! Именно в тот момент, когда на него в коридоре налетела ведьмочка, сипло извинившись и побежав дальше, их связь и зародилась, а потом расцвела.

– Ой дурак! – прошептал Лисан, осознав, что натворил.

Он ведь сам дал понять Айке, что она ему не нужна и место в его постели и сердце уже давно занято. Зачем? Из-за того, что слишком легко она приняла факт запечатления? Избегала брака, а тут возьми и заяви, что она спасла будущего мужа от лича?

Вот это и взбесило, захотелось, чтобы девчонка начала ревновать и ощутила хоть малость того, что пришлось пережить ему. По-детски? Да! От лича спасла... он просто не хотел портить внешний вид этой "проблемы". По старой памяти и из-за Норгона... Но... а ведь Айка не испугалась лича! Дралась с ним и защищала ребёнка. А как она прижимала к себе девочку... у Лисана тогда всё сжалось внутри, а ещё... до жути захотелось собственного ребёнка. Причём ребёнка от Айки и так, чтобы растянуть процесс зачатия...

Скрипнула дверь и раздались тихие шаги, но Лисан даже не подумал обернуться.

– На тебе лица нет, – тихо произнесла Лаведия.

– В каком месте ты сейчас видишь моё лицо? – рассмеялся Лисан и развернулся к младшей сестре.

– Не паясничай, – вздохнула Лаведия и прошла внутрь кабинета, усаживаясь в кресло. – Ну и долго ты будешь мучить себя?

– Ты мне лучше скажи, смогла выяснить, кого Картакар хотел оживить?

– Некую Дороти Фаркусу, – пожала плечами Лаведия. – О ней мало информации. Жила больше тысячи лет назад, считалась сильным некромантом, умерла...

– Место гиблое...

– Душа у неё была не светлой, – пожала плечами Лаведия.

– Ну и зачем она ему?

– Ну...

– Лави, не томи, какие мысли?

– Думаю, он ищет возможность стать живым по-настоящему, – опять пожала плечами Лаведия. – Он хочет вернуть себе то, что потерял.

– Поясни.

– Картакара убили, он умер не своей смертью, из-за этого и переродился, а не превратился в зомби, как изначально хотел Норогон. Просто чувствовать боль и... Думаю, Картакар хочет снова стать живым по-настоящему. Чтобы сказать точно, мне нужно увидеть лича и поговорить с ним, но этого я делать не хочу. Да и ты не разрешишь, за что тебе поклон, братец.

– Чем ему могла помочь Дороти Фаркусу?

– В княжеской библиотеке больше информации, но то, что я смогла найти... В одном интересном документе упоминается, что ряд некромантов проводили специфические эксперименты над людьми. Они хотели научиться запускать вспять процесс... смерти! А потом появилась идея попробовать превратить лича в живого человека. Ведь тело лича, словно замирает и не портится, как у обычной нежити, и разум, магия...

– А Дороти Фаркусу принимала участие в этих экспериментах?

– Поначалу да, а потом вела частную научную практику, и ходили слухи, что ей удалось воскресить своего возлюбленного. Но это слухи. Никаких подтверждающих документов не было, и её научных трудов не сохранилось. И ещё... в склепе была захоронена только она! Так что не думаю, что ей удалось это сделать.

– То есть Картакар хотел пробудить её, чтобы пообщаться, так сказать, с первоисточником информации?

– Да, – кивнула Лаведия. – Это эгоистично, но логично.

– Демоны... он знал с самого начала, куда шёл, и просто водил меня кругами, запутывая след! Интересно, что он собирался потом делать с Дороти? Скорее всего, уничтожил бы. Картакар не понимает, что играет с огнём! Он же может выпустить в мир живых самые тёмные сущности, с которыми ни он, ни мы не справимся! Идиот! А ведь я мог потерять след...

– Да, и если бы твоя жена не наследила так на старом погосте, приманив всю местную нежить к себе... мы бы и не обратили внимание на то место. Кстати, о твоей жене. Сколько ещё времени ты будешь себя и её мучить?

– Она на страдающую не похожа.

– Она женщина и она ведьма. Если бы за мной в погоню не бросился мой жених, я бы тоже обиделась. Мало ли, что у нас – женщин, на нервной почве за мысли! Я видела, как она на тебя смотрела сейчас. Так не смотрят на того, кто безразличен. Поговори с ней, а лучше сразу забери сюда в замок. Ты муж, имеешь все права.

– Лаведия, зачем мне эта головная боль и так...

– Эта головная боль твоя суженая! А учитывая то, что ты сделал там в лесу... долго будешь вокруг неё кругами ходить, если не заберёшь. Поговори с ней!

– Лави...

– Лисан, на тебя смотреть страшно! А она ведьма! Она выгореть может! Ты...

– Что я, Лаведия? Не я от неё сбегал!

– Боги, Лис, ты же взрослый мужчина! А ведёшь себя, как обиженный мальчик! Думаешь, я не заметила, какие у ведьмы были припухшие губы? Не заметила, как она на тебя смотрела? А как на меня смотрела?! Я, кстати, не заметила на твоей физиономии следов от пощёчины!

– Она била ниже, – рассмеялся Лисан.

– Ты что, не только целовал её, а ещё и лапал? – шокировано произнесла Лаведия. – И ведь, скорее всего, наговорил ей перед этим гадостей!

– И как же она смотрела на меня? – ушёл от ответа Лисан.

– Она влюбилась в тебя, хоть и не хочет этого признавать, а ты... Что ты ей наговорил? Она приревновала меня к тебе! Приревновала, но я ей показалась настолько милым зайчиком, что рука не поднялась проклясть! Так что, Лисан?

– Сказал, что у меня есть любовница и невеста мне не нужна, – пожал плечами Лисан.

– Лис... Ты идиот! Поговори с ней! Немедленно! Почему твоя жена не знает, что она замужем?

– После княжеского собрания так и сделаю, – усмехнувшись, произнёс Лисан.

– Лучше сейчас, Лисан, – покачала головой Лаведия. – А если не будет слушать, хватай и тащи в замок! Не маленькие, разберётесь...

– А если слухи о том, что она мне изменяла, правда?

– Боги, Лис... да она мухи не обидит, если, конечно, муха белая и пушистая. Так-то она ведьма и язык у них за зубами не держится, но... Лично моё мнение, что девочка невинная, а если и нет... Лис, ты до брака тоже целибат не соблюдал! Глупости это всё!

– А вот с этого момента поподробнее! – Лисан бросил на сестру задумчивый серьёзный взгляд.

НЕКРОМАНТ В ПЛАНЫ НЕ ВХОДИТ

– Я тебя умоляю... – фыркнула девушка и закатила глаза. – Не будет тебе стыдно перед моим будущим мужем, если он когда-нибудь появится? Лучше подумай о своей супруге!

– Ты так её защищаешь, – рассмеялся Лисан и подошёл к креслу, где сидела его сестра.

– Я за тебя переживаю, – вздохнув, произнесла Лаведия. – А Айка мне понравилась. У неё светлая душа. Ты же знаешь, я чувствую такие вещи. Вы оба просто натворили глупостей! Чем здесь пахнет? – Лаведия нахмурилась и принюхалась. – Ландышами... откуда у нас ландыши?

– Линчем здесь пахнет, – хмыкнул Лисан. – А вот почему он у тебя с ландышами ассоциируется, интересный вопрос. – Лаведия от его слов скривилась, и Лисан рассмеялся. – Ладно... Признаю, ты права, – кивнул он. – Пожалуй, отправлюсь я к жёнушке сегодня...

– Глава... – в кабинет вбежал молоденький некромант, облачённый во всё чёрное. – Срочное послание от князя! – он подбежал к Лисану и передал ему светящийся фиолетовым светом небольшой магический шар.

– Свободен, – нахмурившись, произнёс Лисан, забрав шар-послание из рук посыльного.

Некромант поклонился и убежал, а Лисан активировал шар и прочитал послание. По мере того как он вчитывался, его лицо становилось всё мрачнее.

– Что произошло? – спросила Лаведия у брата.

– Попытка переворота и покушение на князя, – деактивировав послание, произнёс Лисан. – Норгон срочно созывает всех глав кланов, так что ты остаешься за главную и присмотришь за кланом. Картакара я заберу с собой, как раз вернём его в княжеские темницы и забудем, как страшный сон. Пусть братья сами между собой выясняют отношения. Учитывая эту попытку переворота... Зря Норгон думал, что брат метит на его трон. Пока Картакар занимал должность главы службы безопасности, в княжестве было тихо. Вопрос...

— С Дороти Фаркусу вопрос решён, – кивнула Лаведия. – Больше никто и никогда не сможет попробовать её призвать и воскресить. Можешь за это не переживать. На старом погосте в человеческих землях мы провели ритуал окончательного усыпления. Кто там смирно спит, так и будет спать. Что с влюбленной нечистью делать? Упокоить или найти применение?

— Упокойте от греха подальше, а то житья от них не будет. Они и так по ночам серенады завывают... – скривившись, произнёс Лисан. – И...

— Присмотрю за человеческими землями, но ты же понимаешь, что там у нас...

— Главное присмотри и в случае чего...

— Дам знать, если проблему решить самостоятельно не смогу, – кивнула Лаведия. – Лис, а ты действительно хотел брак разорвать?

— Хотел, но теперь не буду... хотя... нужно узнать, что об этом сама Айка думает. Не хотелось бы желаемое принять за действительное.

— Но вы же суженые...

— И что? – усмехнулся Лисан. – Идеально подходящие друг другу магически и энергетически, да и на физическом уровне, но это не панацея, если нет взаимопонимания! Лаведия, посмотри на мир не через розовые стёкла.

— И что есть ритуал...

— Есть, очень болезненный, но есть.

— А как глава рода Родериг восприняла...

— А как ты думаешь, почему между нашими кланами сейчас напряжённые отношения? Отрицательно!

— Лис, не выдавай меня никогда замуж, – задумчиво произнесла Лаведия. – Муторно всё это.

— А кто мне умные советы даёт? – рассмеялся Лисан.

– Так со стороны оно всегда проще и виднее, – рассмеялась Лаведия.

– Суженого встретишь, тогда и поговорим по этому поводу, – улыбнулся Лис.

ГЛАВА 6 – Суженый, не суженый. Муж?

Алёнку я, как и обещала, сразу в дом старосты отнесла. Там она проснулась от восторженных визгов и попала в крепкие объятия купчихи. Над девочкой порхали и сдували пылинки: "покушай, попей водички, умыться, переодеться" – и всё в таком духе. Всё-таки купчиха её любила по-настоящему. Денег я с неё не взяла, напротив, оставила успокаивающие сборы и расписала, как ими ребёнка поить. Девчонку теперь из такого состояния выводить нужно, медленно и аккуратно, окружив любовью. Нескоро всё это забудется... Я вот, взрослая "девочка", а до сих пор по ночам вскакиваю в мокром поту. Снятся мне налитые кровью глаза лича, а иногда... а иногда снятся совсем неприличные сны, где мы с Лисаном творим непристойности... И вот не знаю я, что лучше: кошмары или вот такие сны.

Единственное, что меня немного обрадовало в тот день, точнее, утро, когда Алёнку её родне вернула, так это кислая физиономия старосты. Обломилось ему ночью сладенькое, а он наверняка зелье, которое у меня взял, выпил... Но ведь сам дурак? У купчихи горе, а он к ней со своей "любовью"...

Прошло уже целых две недели после этих злополучных событий с личем и похищенной девочкой. Время своим чередом бежало, отзываясь глухой тоской в моём сердце. Лисана я из головы и сердца, как ни старалась, выкинуть и выковырять не смогла, хоть и старалась! Тяжело мне было... очень тяжело... ещё и сны эти... а они участились!

Всё это моя Рыжая Поганка заметила, пыталась развеселить, пыталась выяснить, в чём причина тоски, но я от неё отмахивалась. Не хотела с фамильяром своими душевными переживаниями делиться. С неё станется, к бабушке побежит... По её же мнению, меня срочно спасать нужно. Ведьмы тоску очень плохо переносят. Если не справятся с ней, могут сами себя высушить. Мне до полного выгорания далеко, но... даже я понимала, что нужно с этим что-то срочно делать. Самым разумным было бы самой пойти на поклон к Лисану и поговорить с ним по душам. Как ни крути, а мы суженые, а теперь ещё и запечатлённые. Назад дороги нет, и дети у нас могут быть только друг от друга. От дочки лет так через десять я бы не отказалась...

– Поговорить... – прошептала я и скривилась, словно кислый лимон съела. – Да к демонам! Может, любовника завести? Есть же в этом свои плюсы? Интересно... – прошептала это и накрыла лицо ладонями. Фантазия у меня богатая, и меня аж передёрнуло от отвращения, стоило представить себя с кем-нибудь, кроме Лисана.

Самое отвратительное, что поцелуй некроманта мне понравился и те чувства, которые меня тогда охватили, тоже нравились, и сны... Сны и фантазии... Да, теоретически я прекрасно знала, что между мужчиной и женщиной происходит, а вот практического опыта у меня не было. И это сейчас злило! Получалось, что я верность Лисану хранила, хоть и сбежала от него, а вот он...

– Богиня Ведьма, как с ума-то не сойти? – жалобно прошептала я и потёрла ладонями лицо. – Любовницу гад завёл! А может, она у него с самого начала была? Ещё до того, как на наших руках знак суженых появился? Целуется он хорошо... Хотя сравнивать мне особо и не с кем... И... демоны, она настолько милая, что и гадости ей не пожелаешь! Ну вот как так-то?!

– Айка, а что происходит? – раздался рядом голос Рыжей, и я вздрогнула.

– Опять незаметно подкралась? – фыркнула я, нацепив на себя маску безмятежности. – Рыжик, у тебя дел твоих фамильярных совсем нет? Дай поскучать!

Рыжая спрыгнула со шкафа на стол, возле которого я сидела, и красноречиво фыркнула, ещё и лапы в бока упёрла. А я улыбнулась от такой милоты. Что ни говори, а хорошая она у меня!

Рыжая даже в один прекрасный момент принесла мне обратно этот злополучный волос единорога, из-за которого всё началось, и пыталась всучить его мне в руки. Но я отмахнулась. Зачем он мне теперь? Не буду я для старосты зелье варить! Пусть сам добивается любви своей купчихи, а я не хочу в этом участвовать. И уходить отсюда тоже не буду: привыкла, наверное, к такой жизни, да и к этим людям тоже привыкла.

Ну, а если староста действительно вызовет инквизиторов, что ж, пусть так... Значит, на одну бедную ведьму станет меньше. Хотя вины за собой я никакой не чувствую, этим-то пресветлым неважно, кого сжигать. Для них важна статистика, то есть количество уничтоженных ведьм, ведьмаков, оборотней и чёрнокнижников.

– Вот смотрю я на тебя, Айка, – начала ходить взад-вперёд по столу моя белка, поглядывая на меня задумчиво. – и понять не могу, что с тобой произошло? Совсем пассивная стала, а раньше на месте и пяти минут усидеть не могла. Задумчивая, мрачная... Зелье старосте варить отказалась, костёр тебя не пугает и вещи мы не пакуем! А ну, признавайся, что происходит?! – Рыжая остановилась напротив меня и уселась, прожигая меня испытывающим взглядом.

– Скучно, – усмехнулась я. – Просто скучно!

– Так ты на погост ночью сходи, – выдала гениальную мысль Рыжая. – Они, как оказывается, на тебя положительно влияют. Сразу весело станет! А жизнь приумножится и обогатится разными красками.

– Типун тебе на язык, – скривилась я от воспоминаний об упырях, а ещё опять лишний раз о Лисане вспомнила, и это сразу же отразилось на моём лице.

НЕКРОМАНТ В ПЛАНЫ НЕ ВХОДИТ

– Как не стыдно фамильяру, типун желать, – Рыжая начала еле языком ворочать.

Пришлось вставать и за нужным зельем идти. Накапала ей пару капель в ложку и протянула. Рыжая мигом всё слизала, а потом молча стала лапами свой язык ощупывать, а я рассмеялась. Ну, забавно же!

Тут-то дверь и скрипнула, заставив вздрогнуть и посмотреть в её сторону. Сердце в район пяток переместилось, когда я разглядела гостя. Лисан Мерстин — собственной персоной. Я застыла в шоке, не зная, что сказать этому "гостю". Он спокойно вошёл внутрь, словно к себе домой, и начал оглядываться по сторонам. Потом усмехнулся и посмотрел на меня. Наверное, минуту мы молча прожигали друг друга взглядами, а потом... Некромант медленно, словно хищник, начал подходить ко мне.

– Не рада? – снова усмехнулся Лисан, пробежав задумчивым взглядом по моему лицу и задержавшись на мгновение на губах. Меня предательски обдало жаром...

– Почему же? – прошептала я неуверенно. Рыжая переводила взгляд с меня на Лисана и принюхивалась. – Чай будешь?

– Сама приготовишь? – Он наклонил голову набок и смотрел так, будто хотел заглянуть в самую душу, а она мне самой нужна!

– Нет, белку попрошу! – вспылила я от негодования. Вот что ему нужно? – У меня прислуги нет! Всё сама... своими ручками! Или ты думаешь... – я прищурилась и захлопнула рот от возмущения.

– Ну, а кто тебя знает, вдруг всё же отравить захочешь? – усмехнулся этот нехороший некромант. – Нет суженого, нет проблем...

– Знаешь, что, а проваливай-ка ты к своим грелкам постельным обратно! – я от злости даже зубами скрипнула и руки на груди сложила. – Я тебя в гости не приглашала!

– Какие претензии, дорогая? – усмехнулся Лисан, этот гад явно потешался сейчас надо мной. Он подошёл практически вплотную и навис сверху, но рук не распускал, а у меня предательски покраснели щеки. – Ты ведь тоже по мне не сохла и верность не хранила. Так что мы квиты. Или скучала и теперь ревнуешь?

У меня от его высказываний чуть пар из ушей не пошёл, появилось огромное желание схватить метлу и проверить на прочность её черенок, а рядом Рыжая на свою мохнатую попу уселась и возмущённо фыркнула.

– Так, так, так, – протянула Рыжая. – А я, кажется, поняла, почему мы уже две недели такие хмурые и поникшие ходим. – Я на неё предупреждающий взгляд бросила, только эта поганка его со спокойной совестью проигнорировала. – Это что ли жених наш, от которого мы столько времени ноги делали? – нагло спросила она, рассматривая некроманта. – Красивый! Айка, ты дура! – выдала вердикт мой фамильяр.

– Какой забавный у тебя фамильяр, – рассмеялся Лисан.

– Ты мне тоже нравишься, бледненький, – не остался в долгу мой Рыжик. – Так какие претензии к моей девочке? Это когда она тебе изменить успела? Да она, вообще, ещё не целованная! – сдала меня с потрохами Рыжая.

– Язык вырву, – прошипела я, не зная, как спасти ситуацию. – Типуном не отделаешься!

– Даже так? – вздёрнул бровь Лисан и перевёл на меня довольный потемневший взгляд, а потом так красноречиво, по-собственнически пробежался по моей фигуре, что меня непроизвольно в жар бросило. – Ну, с нецелованностью ситуацию мы уже исправили, – задумчиво протянул он и посмотрел на Рыжую. – Информация устаревшая, плохо за своей хозяйкой присматриваешь.

– Даже так? – присвистнула Рыжая, вторя ему. – И ситуацию, значит, исправил именно ты? И что, собрался теперь с другим всем этим делать? Тоже будешь ситуацию исправлять?

– Мысль эта мне нравится, – тихо и проникновенно произнёс Лисан, ещё больше вгоняя меня в краску.

– Зато мне не нравится! – возмутилась я.

– Да ты две недели по нему сохнешь! На тебе лица нет, страшно взглянуть, а если рядом с тобой постоянно находиться, то, вообще, выть хочется! – опять нагло сдала меня Рыжая нахалка. – Даже вон специально старосту провоцируешь, хочешь, чтобы он инквизиторам на тебя донос настрочил, – потом эта мелкая пакость к Лисану развернулась. – Она ведь на костре решила сгореть! Выгорание у неё начинается! Нужно, что-то решать... Причём срочно!

– Ты чей фамильяр? Мой или его? – прошипела я и попыталась её за хвост поймать, только Рыжая ловко от моих рук уклонилась, на пол спрыгнула и к Лисану на плечо запрыгнула, ещё и за ухом себя позволила ему почесать.

Я от возмущения даже крякнула.

– Скорее всего, скоро общим фамильяром буду, – съязвила мне белка и фыркнула.

– Значит, на костёр собралась? – угрожающе прошипел Лисан и зло посмотрел на меня. – Ничего умнее не придумала? – маг начал из себя выходить. – Да тебя на минуту оставить нельзя, ты себе неприятности сама найдёшь, а если не найдёшь, то усердно сама их создавать будешь!

– Твоя минута две недели длилась! Да и, вообще, тебе какое дело? – я вспылила. – Иди, спи со своей Лаведией! Милая, нежная девочка! Ещё и не ведьма как я! От тебя не сбегала, проблем не создавала...

– Лаведия моя сестра, – рассмеялся Лисан, а я от такой информации опешила, что красноречиво на лице отразилось. –

Если бы потрудилась родословную своего суженого изучить, у тебя бы сейчас не были бы такие круглые и удивлённые глаза, и для ревности причин тоже не было бы, – продолжил он, внимательно рассматривая моё лицо.

– Ну и что, что она сестра твоя, – я не собиралась сдаваться, руками обхватила себя за предплечья. – Ты мне сам говорил, что у тебя есть, кому твою постель согреть. Вот и иди к кому хочешь, спи с тем, с кем хочешь, и женись на том, ком хочешь, а меня оставь в покое!

– Уговорила, – произнёс этот гад.

Я даже моргнуть не успела, Лисан сначала меня на руки подхватил, а потом забросил себе на плечо, удобнее поправил, чтобы проще нести было. Я брыкалась, так "жених" меня ладонью по мягкому месту хлопнул и лапищу оттуда не убрал! Удобненько так её там расположил, ещё и ощупал мою попу гад.

– Совсем с ума сошёл? – возмутилась я. – Ты что творишь? Лисан! А ну поставь на место и конечность свою наглую убери!

Возмущение душило, а ещё было страшно! Вот что надумал?

Я висела головой вниз, неудобно-то как. А если сейчас клиенты пожалуют? Перед глазами только зад жениха, обтянутый плотной тканью брюк. Укусить, что ли?

– Да ты кого хочешь с ума сведёшь, – рассмеялся Лисан. – Сама сказала, что я могу спать с тем, с кем хочу. Ну, так я твоё предложение полностью одобряю, – и этот гад меня на выход из лавки понёс.

– Так, а я тут при чём? – продолжала возмущаться я и опять попробовала с его плеча сползти. Меня поправили и опять по попе шлёпнули.

– Перестань брыкаться, а то свяжу, – пригрозил мне некромант. – Я спать с тобой, Айка, хочу, и не только спать... – прозвучало это так, что у меня по коже мурашки в разные стороны разбежались, а дыхание сбилось. – Уже давно этот вопрос решить нужно было. Всё откладывал... думал, сама образумишься, придёшь, вот тогда и поговорим. Но ты же ведьма, ещё и природная! Логика у вас отсутствует, всё импульсивно делаете! Но точку нужно уже ставить в этом вопросе, хоть сейчас время не самое подходящее выдалось. Но... вон, пока вопросы клана решал, чуть тебя на костре не лишился! Тебя, Айка, лучше всегда под рукой держать, так мне спокойнее будет!

– Послушай, Лисан, я не знаю, что ты там задумал, – нервно проговорила я, – но я второстепенной грелкой у тебя быть не собираюсь и, тем более, спать на простынях, на которых ты с другими... – я замолчала, не находя приличных слов, чтобы мысль свою выразить.

Надо признаться, мне нравилось покачиваться у него на плече из стороны в сторону и любоваться рельефными мышцами его спины и упругими ягодицами. Была даже шальная мысль пощупать... интересно, как бы Лисан отреагировал на такую наглость? Хотя... меня же он щупает!

Ответить и выйти из моей лавки Лисан не успел. Дверь опять скрипнула и распахнулась, явив мою бабушку. Я её видеть не могла, но по энергетике и голосу сразу же узнала.

– Сейчас же убери от моей внучки свои лапищи, Лисан Мерстин, – возмутилась глава ведьмовского рода Родериг. А я бабушку знаю, она в гневе страшна, вот только почему она возмущается, если сама нашу свадьбу ускорить пыталась? Тут бы ей обрадоваться!

– Боги! Бабушка, а ты тут откуда?! – выдохнула я, но старшая родительница меня проигнорировала.

– Уважаемая Агата Родериг, мы с моей женой как-то без вашего вмешательства теперь разберёмся, – холодно осадил её некромант. – Вы и так благими намерениями... могли с внучкой поговорить, а не ставить её перед фактом в самый последний момент! Чего добились?

– Что значит "женой"? – подала я удивлённый голос из-за его спины, а сама подумала: "Смертник! Кто же так с Агатой Родериг разговаривает? Он значит, главную ведьму рода злит, а мучиться потом мне, снимая с него порчу, и кто знает, что там ещё бабуля на него нашлёт за такую наглость".

– Ты же на развод хотел подавать, – хмыкнула бабуля, но странным образом голос её стал более дружелюбным. – Какая тебе теперь разница?

– Какой развод? – опять возмутилась я. Кажется, эти двое знают намного больше, чем я в этом вопросе.

– Значит, уже передумал, – припечатал мою старшую родственницу некромант, как оказывается уже вполне мой законный муж. Вот только когда я замуж успела выйти, ума не приложу!

– Она тебе не игрушка, – возмутилась бабуля. – Чтобы туда-сюда божественным браком разбрасываться. То женюсь, то развожусь...

А вот это я одобряю, с этим полностью согласна. Я точно не игрушка, и таскать меня свисающей с плеча вниз головой необязательно. Вот ещё услышу пару непонятных мне фраз из их уст и точно укушу! А бабушке потом выскажу всё, что думаю по этому поводу!

– Я её не отдам и не отпущу, – проговорил Лисан, крепче прижимая меня к себе. – Так что умерьте свои аппетиты!

– Ну, это уже совсем другое дело, – рассмеялась довольная бабуля. – Тогда благословляю, дети мои. С появлением моей правнучки не затягивайте! – напутствовала эта старая интриганка. – Претензий не имею! – это она уже персонально Лисану сказала.

– Мне может всё же кто-то объяснить, что происходит? – возмутилась я. Честное слово, начинаю закипать! – Когда я успела стать женой, а не невестой, и почему это ты, Лисан, со мной разводиться собирался?

— Айвана Родериг, ты высшая ведьма ковена, — услышала я строгий голос бабушки. — Стыдно не знать, что если знаки суженых проявились и сразу же потемнели, то брак считается заключённым и освящённым самими Богами. Ты что, уроки в ведовской школе прогуливала?

— Главное, я её закончила, и лицензия у меня имеется, — выдохнула я. — В книгах о таких нюансах изменения цвета знаков суженых ничего написано не было!

— Значит, прогуливала, — тяжело вздохнув, сделала вывод бабушка.

— Ну, экзамены-то я сдала, — не нашла я другого аргумента для оправдания. Ни одна я прогуливала! — Хорошо... Допустим, божественная воля и всё такое, но... А что там с разводом? — тихо спросила я. Этот вопрос меня интересовал в данный момент куда сильнее. В ответ — мёртвая тишина. — Лисан, я тебя сейчас за мягкое место укушу, больно укушу, если ты мне не ответишь, — зло прошипела я.

— Ты сама этого брака не хотела, — прошептал тихо некромант. — Смысл мне женщину насильно возле себя держать? Даже если эта женщина — суженая?

— А поговорить со мной ты не пробовал? — зло и обиженно засопела я. — Я же ведьма, да ещё и стихийница. Природная! Мы само — противоречие!

— Айка, а кто мороки наводил и прятался? Разве ты хотела, чтобы тебя нашли? — и столько обвинения в его голосе, что мне даже стыдно стало.

— Да мои мороки только бабуля и не видит, — возмутилась я. — А от некроманта не спрячешься! Я и не пыталась от тебя прятаться, прекрасно осознавая, что, если ты захочешь, сможешь меня найти, да только ты не искал! — тоже бросила ему свою претензию и замерла. — Ба, а как ты здесь оказалась?

— А ты и дальше думай, что я твои мороки не вижу, — рассмеялась Агата. — Время дала тебе повзрослеть и ума набраться, но вижу — зря!

— Как же с вами сложно, ведьмы! Агата, правнуками вас обрадуем тогда, когда сами решим! — выдохнул Лисан, и открылся портал, в который он сразу шагнул, унося меня с собой.

Моя белка следом за нами прыгнула, а бабуля только громко рассмеялась после последних слов моего суженого. Боги, мужа!

ГЛАВА 7 – Замок Южного клана.

Вынырнули из портала мы в его личных апартаментах. Почему я так подумала? Потому что Лисан, сделав несколько шагов вперёд, сразу сгрузил меня на кровать и сам на неё полез, не давая мне опомниться.

Мужчина навис сверху, буквально окутывая собой и лишая возможности сбежать. Я выдохнула и дёрнулась, уперлась ладонями в его грудь, пытаясь немного отстранить Лисана от себя, но мои руки сразу же перехватили и, приподняв, зафиксировали над моей головой.

– Лисан, ты... – я нервно сглотнула и облизала пересохшие губы, чувствуя, как сердце совершает кульбит, а тело предаёт...

Кожа стала невероятно чувствительной, груди налились, внизу живота всё млело... Кажется, даже воздух вокруг нас наэлектризовался... и искрился!

Лисан усмехнулся и жадно посмотрел на мои губы и кажется... Кажется, я бедром почувствовала "серьёзность намерений" новоиспечённого мужа, обдало жаром, и я сипло потянула носом воздух... задрожала...

Естественно, здесь, в спальне Лисана, кроме нас никого не было!

Рыжая ушла в подпространство от греха подальше, чтобы не подсматривать... а я... А у меня тело горело, требуя ласки, внутри всё обжигало и млело... а ещё было страшно и неловко! Он опытный, я нет... и что там, кстати, с его любовницами? Лисан же так и не ответил на этот вопрос! А ещё он хотел развестись! Но...

Возмутиться я не успела! Мой рот, из которого собиралась вырваться куча претензий, самым действенным способом заткнули, поцелуем.

Нежным, требовательным и таким страстным... Кажется, некроманту срывало крышу точно так же, как и мне. И, в отличие от меня, Лисан не видел поводов для того, чтобы останавливаться! Его руки давно выпустили мои из своего плена и сейчас блуждали по моему телу, сминая ткань платья. Лисан перенёс вес своего тела на локоть, его рот терзал мои губы, язык некроманта приоткрыл мои губы и проник вовнутрь, вырвав из груди сдавленный стон восторга... так ярко, интимно... совершенно новый уровень ощущений... ощущений, которые напрочь выбивали из сознания все умные мысли. Рука мужчины прикоснулась к лодыжке, потом поднырнула под подол платья и стала мучительно медленно задирать его вверх, лаская при этом подушечками пальцев кожу на ноге. Замерла ладонь Лисана на моём бедре, прикоснувшись кончиками пальцев к тоненькой ажурной ткани трусиков...

– Лис... Лисан... – прошептала я, выгибаясь и пытаясь отползти от него повыше, вырваться из сладостного плена его рук и губ.

– Что... что ты делаешь, бессовестный некромант?! – голос мой звучал крайне неубедительно, ещё и с придыханием...

Естественно, никто не дал мне отползти, сильные руки перехватили меня за талию и уверенно вернули на первоначальное место.

– Айка, ты же не маленькая... – прошептал Лисан, прокладывая дорожку из поцелуев по моей шее вниз до ключицы. – Сладкая, желанная...

– Лис... Лисан, я так не хочу! – упёрла ладони в мускулистые плечи мужчины и удивительно осознала, что на некроманте уже нет рубашки!

И кажется, эту самую рубашку с него стянула именно я! Я, выдохнув, распахнула широко веки и утонула в невероятно красивых глазах мужа. Лисан отстранился, давая мне немного свободы и возможность прийти в себя. Смотрел он хмуро, но без ненависти или злобы.

НЕКРОМАНТ В ПЛАНЫ НЕ ВХОДИТ

– Айка, тебе ведь нравится то, что мы сейчас делаем, – вздохнув обречённо, произнёс Лисан, а я, кажется, ещё сильнее покраснела и прикрыла ладонями груди! А потом...

– Мать моя Богиня Ведьма... – прошептала я, пытаясь найти края корсета, чтобы стянуть его обратно, но поняла, что это бессмысленная затея, плюнула и просто снова прикрылась ладошками. Самое отвратительное, что даже свои прикосновения раздражали чувственные участки кожи и причиняли лёгкий дискомфорт. Тело явно хотело большего, разум понимал, что именно, но... – Что я творю...

– Вот Богов сейчас вспоминать не самая удачная мысль! Не место им в нашей постели, тем более сейчас! Так благословят, что забеременеешь с первого раза. Я-то не против стать отцом, а вот ты, думаю, ещё не готова стать матерью, – немного нервно произнёс Лисан и серьёзно посмотрел на меня. – Айка, почему? Что не так? Ты просто боишься первого раза или не хочешь близости именно со мной? Или тебя беспокоят формальности? Так их нет, ты уже услышала, что мы с тобой уже давно законные супруги и непростительно долго жили вдали друг от друга, игнорируя супружеский долг.

– Лис... – я открыла рот и закрыла его обратно. Вот что ему сказать, что ответить? Особенно когда у меня в крови гуляет порочное вожделение вперемешку с возбуждением, груди так налились, что болят, внизу между ног всё стало влажным...

– Айка, ответь, пожалуйста, – улыбнувшись, прошептал Лисан и нежно погладил меня подушечками пальцев по щеке. – Не хочу, чтобы между нами было недопонимание сейчас. Я тебе противен?

– Ты мне нравишься, – прошептала я и прикусила губу, но взгляд от его глаз не отводила. – Наверное, больше чем нравишься и... я не думаю, что это из-за благословения Богов. Мне кажется... но...

– И ты не против быть моей женой?

– Нет, – покачала я головой. – Теперь точно нет. Я не против быть твоей женой, но...

– И ты не против находиться в моей постели?

– Не против... нет... да... но...

– А вот теперь остановись и объясни мне своё пресловутое "но", – рассмеялся Лисан и сел, а я так и осталась лежать. Корсет дивным образом испарился, нижняя рубашка на груди разорвана, а юбка платья задрана выше колен...

Лисан жадно пробежался взглядом по моему телу, улыбнулся и провокационно положил свою ладонь на мою коленку, погладив её, а я вздрогнула, почувствовав, как от места его прикосновения разбегаются волны тепла. Магия радовалась...

– Так, что за "но"? Ты не хочешь жить в замке? Ты боишься некромантов, хотя... видел я, как ты их боишься! Выманить на себя целый погост нежити... да и с личем ты не боялась драться. Детей... детей любишь. Что не так, Айка?

– Ты сам сказал, что у тебя есть кому греть тебе постель! – вспыхнула я и, наконец, позволила себе вывалить на мужа всё то, что меня беспокоило. – Я не хочу быть одной из... Ты не искал меня! И потом... после запечатления... Две недели, Лисан! Две недели ты не появлялся после того, как произошло наше запечатление!

– Давай по пунктам, – вздохнув, произнёс Лисан и зарывшись пятернёй в свои волосы, немного растрепал их. – Любовницы у меня были ровно до того момента, как появилась суженая. Да, я не девственник, но думаю, тебе такой и не нужен. Ты стала моей женой, исчезли временные женщины. Изменять тебе или оскорблять тебя я не хотел и не хочу! Так что можно сказать, что я уже год крайне голодный и неудовлетворённый мужчина и да, сейчас мне хочется не разговаривать, а заниматься совсем иным... но я понимаю, что лучше всё выяснить. И выяснить именно сейчас! Айка, ну какие любовницы, когда есть не просто жена, а суженая?

Все остальные становятся пресными... такая связь не приносит удовлетворения и разрядки.

– Значит, ты всё-таки спал с кем-то, когда боги нас уже благословили! – возмущённо произнесла я, приподнимаясь на локтях, при этом открывая обзор на свои груди. Стыд дивным образом исчез, а вот возмущение...

Взгляд Лисана сразу же переместился ниже, а я неосознанно улыбнулась. Было приятно, от блеска в его глазах, от желания и вожделения, которое там всё ярче разгоралось.

– Бессовестная ведьма, провоцируешь? – хмыкнул Лисан и снова перевёл взгляд на мои глаза. – Нет, не спал, но пробовал. Говорю же, всё не то, а жена сбежала, опустив планку самооценки очень низко. Ладно, Айка, это прошлое, а у нас есть будущее. Есть же?

– Есть, – прошептала я, и меня нагло сразу же ухватили за лодыжку и стащили чуть ниже, начав уверенно стаскивать остатки одежды... – Лисан... Лисан! Ну нельзя же так сразу...

– Айка, ты такая нежная и красивая, – прошептал Лисан, стаскивая с меня остатки платье. – Желанная... пожинай плоды своего побега! – рассмеявшись, прошептал мужчина.

Я осталась в одних ажурных трусиках и сразу же села, подтянув к груди колени и обхватив их руками.

– Ты сам меня не искал!

– Да, дурак, – кивнул Лисан и, приподнявшись, начал снимать с себя штаны, а я, кашлянув, отвернулась и покосилась в сторону двери. – Смысл сейчас убегать, моя ведьмочка? – прошептал Лисан, он откинул боюки в сторону. Потом аккуратно разжал мои руки и опрокинул меня спиной на кровать. Сам прилёг на бок рядом со мной, давая возможность привыкнуть к его присутствию и вниманию. Рука мужчины легла на мой живот и успокаивающе погладила его, добившись совершенно другого эффекта! Моё тело задрожало. – Ты очень желанна, Айка.

– Зачем ты сказал мне в лесу все эти гадости? – немного жалобно прошептала я.

– Хотел посмотреть на реакцию, понять, что ты чувствуешь и как относишься ко мне. Понять, почему сбежала и... да, стоит признать, хотел задеть и причинить боль. Хотел, чтобы и ты ощутила боль потери, ревность. Думаешь, мне было легко узнать, что жена... суженая сбежала в разгар приготовления к церемонии и празднику?

– Я... я поступила нехорошо, – виновато прошептала я, только сейчас осознав, сколько беды принесла своим опрометчивым поступком. – Было, наверное, много гостей? Как ты...

– Плевать на гостей, Айка, хотя это немного ударило по моему статусу. Но дело не в этом, а в тебе! Думаешь, приятно осознавать, что стал привязан к женщине, которой не нужен? Которая, возможно, питает к тебе отвращение?

– Почему сразу отвращение?

– Ты первая, кто сбежал от своего суженого, – иронично усмехнулся Лисан. – Такой поступок не может быть продиктован просто глупостью. Именно так я тогда думал.

– Лис... прости, но... ты ведь даже не видел меня...

– Видел, Айка, – вздохнул Лисан, и подушечки его пальцев побежали вверх, обвели пупок, перебрались на рёбра, а потом погладили полушарие правой груди. Я втянула носом воздух в лёгкие и опять задрожала, а муж продолжал эту чувственную муку. Его пальцы прикоснулись к затвердевшему соску, очертили вокруг него круг, а потом начали играть с горошинкой. Из моей груди вырвался стон, а тело непроизвольно выгнулось, но этот бессовестный некромант... Лисан продолжил разговор, словно ничего особенного не происходит. – В моём замке есть шикарная библиотека, и она вся в твоём распоряжении. Ведьминская школа – это замечательно, но академия – это совсем другое. Да, вы ведьмы не маги, но общие азы магии и природу магических стихий... Суженные определяются во время непосредственной встречи, столкновения... Ты котёнок сама налетела на меня в доме советов магов и не обратила внимания, а боги обратили! Процесс запустился. Да и потом... Я приезжал в ваш родовой дом, мне не двадцать лет, котёнок, чтобы молча сидеть и ждать, когда ко мне привезут мою жену. Тем более я глава Южного клана, а ты принадлежишь древнему роду ведьм. Мне и твоей бабушке было что обсудить. Ты мне понравилась сразу же, но... такая взъерошенная, возмущённая и испуганная. Растерянная... Не хотелось ломать тебя, нужно было время, чтобы привыкла к новым обстоятельствам, а я, идиот, решил его дать. Знал бы, как всё обернётся... Боги, девочка, как тебя угораздило на человеческих землях спрятаться? А если бы действительно сожгли? Нужно было сразу тебя на плечо и в условную пещеру...

– Ты не дракон, – усмехнувшись, произнесла я и накрыла руку Лисана своей. Эта сладкая мука была уже невыносимой.

– Некроманты хуже, – усмехнулся муж.

– Где, говоришь, твоя библиотека находится? – задумчиво произнесла я и опять покосилась на дверь.

– Лаведия завтра покажет её. Не надейся сегодня ускользнуть отсюда, милая. Пожалей некромантов уже своего родного клана! Айка, я год... мне тяжело просто лежать рядом с тобой!

– Твоя сестра живёт здесь? – поморщившись, спросила я. Нет, я понимаю, что она сестра, а не любовница, но это же нужно ещё переосмыслить! Да и я девушке уже успела пожелать... суженого!

– Вы найдёте общий язык, – усмехнулся Лисан. – Лаведия всего на год старше тебя, но именно она заменяет меня на месте главы, когда мне приходится отлучаться по важным делам. Вообще, она милая и добрая, и ты ей понравилась. Кроме того, у сестры персональные учителя. Она не учится непосредственно в академии, но программа та же. Конечно, уклон на некромантию, но... если тебе будет интересно...

– Мне будет интересно! А ещё с тебя лаборатория и лавка! Я не собираюсь прекращать свою ведьминскую карьеру из-за...

– Хорошо, – кивнул Лисан.

– Вот так просто? – удивилась я.

– Вот так просто, – рассмеялся муж. – Если уж у нас день откровений... почему ты сбежала?

– Я ведьма, ты некромант, – виновато пожала плечами. – О вас ходят жутковатые слухи, ну и... я стихийница и ведьма природы. Это сейчас... после лича и упырей ваша деятельность представляется мне не столь ужасной, а так... слуги-зомби... бр... – я аж плечами передёрнула.

– Кто тебе таких глупостей наговорил? – рассмеялся Лисан. – Там, где мы живём, служат исключительно живые люди, поднятые охраняют замки за периметром, то есть за защитными стенами. Всё остальное происходит в лабораториях.

– Я этого не знала. Лис... – я замялась, но всё же озвучила то, что меня ещё беспокоило. – Почему ты...

– Не пришёл сразу за тобой? Во-первых, я глава клана, во-вторых, нужно было закрыть вопрос с личем и князем, а в-третьих...

– А в-третьих?

– Переосмыслить всё и понять, что влюбился в тебя окончательно и бесповоротно, а также понять, что ты не тот монстр, которого я рисовал в своём воображении, чтобы облегчить свою же глупость.

– Монстр? Это о сплетнях, что у меня были любовники?

– Не только... твой поступок не укладывался... не поддавался логике, и я стал считать, что ты маленькая эгоистичная...

– Стерва? – мрачно спросила я.

– Стерва, – кивнул Лисан. – А ты оказалась маленькой, храброй, испуганной и хрупкой ведьмочкой, а ещё слишком впечатлительной и импульсивной. Доброй!

– Я эгоистична и...

– Я же говорю, ведьмочкой, – рассмеялся Лисан.

– Лис, а почему ты считал, что у меня есть любовники? – нахмурившись, спросила я.

– Слухи разные ходили... – уклончиво произнёс Лисан.

– А эти слухи случайно прежде не спали с тобой в одной постельке? – подозрительно спросила я.

– Маленькая ревнивая ведьма, – рассмеялся Лисан. – Ни одна из моих бывших любовниц не оставалась в моей постели на всю ночь, и здесь... – некромант обвёл комнату рукой. – Здесь их тоже не было. Глупо такое практиковать, прекрасно осознавая, что рано или поздно появится суженая.

– Так кто распускал такие слухи?

– Ради какой цели интересуешься? – прищурился Лисан.

– Прокляну, – невинно пожала плечами, а Лис расхохотался.

– Многих придётся проклинать, – успокоившись, проговорил он. – Айка, ты из древнего рода, я глава клана. Как думаешь, у нас много завистников и тех, кто за спиной точит нож? Моя ошибка в том, что я сознательно дал этим слухам прорасти в себе. Просто... а зачем молодой ведьмочке убегать от навязанного богами мужа, если её сердце не занято? – Лис приподнялся на локте и чуть-чуть склонился надо мной. – Свободные ведьмы очень темпераментны...

– О некромантах можно сказать то же самое, – прошептала я.

– Да, но ведь и ты сама подлила масла в огонь!

– Ты первый начал!

– Согласен, – кивнул Лисан. – Радость моя, мы все важные вопросы закрыли?

Я вздрогнула, наблюдая за тем, как зрачки Лисана стремительно расширяются, почти закрывая всю радужку глаз. Это завораживало и одновременно пугало... Сколько же там страсти и желания, я на мгновение перестала дышать, инстинктивно плотнее сжав колени, а Лисан, заметив это, тихо рассмеялся.

— Расслабься, Айка, я буду очень нежным, — прошептал муж, перемещая ладонь на колено и нежно поглаживая его. Потом его рука скользнула вниз... — Доверься мне...

— Легко сказать... ай... — выдохнула я, прогибаясь в спине, желание говорить пропало...

Лисан наклонился и прикоснулся языком к набухшей горошинке груди, а потом и вовсе втянул её в рот, прикусывая и играя с ней языком. Меня, словно током ударило, тело задрожало, а дыхание сбилось. Лисан же накрыл вторую грудь ладонью, нежно сжимая её, а потом стал покрывать воздушными поцелуями шею, плечи, живот... Мои ладони легли на мускулистые плечи мужа, поглаживая их, периодически пальцы впивались в стальные мышцы, я, словно пыталась оставаться на плаву и искала за, что можно зацепиться... Голова кружилась, мыслей в ней, вообще, не было, просто было так хорошо... тело буквально плавилось и покачивалось на волнах наслаждения.

Лисан очень быстро избавился от последнего элемента моей одежды, собственно, он и сам полностью обнажился. Периодически его мужественность упиралась мне в бедро... Или касалась других участков тела, возбуждая ещё сильнее...

— Лисан... — простонала я, а некромант накрыл мои губы своими и стал их страстно терзать.

Его рука тем временем вырисовывала фантастические узоры на моём теле, медленно спускаясь вниз прямо к жемчужинке женственности, а там уже всё горело в предвкушении и было готово...

Лисан накрыл пальцами клитор, я вздрогнула и широко раскрыла глаза.

— Тише, Айя, всё хорошо, — прошептал Лисан, целуя мои щёки, губы, нежно, невинно, успокаивая... — Расслабься и раскройся, я всего лишь хочу показать тебе, как может быть приятно от нашей близости.

Он переместил пальцы чуть ниже, полностью накрывая лоно и приоткрывая лепестки. Я выдохнула, но заставила себя расслабиться и довериться умелым рукам этого мужчины. Разжала ноги, немного раскрываясь и давая больше доступа мужу... надо же, мужу! Я сбежала не просто от жениха, а от собственного мужа!

Мои губы тут же поймали в сладкий плен, приглушая стоны наслаждения. Лис изменил расположение своего тела, протиснулся между моих ног, заставляя развести их ещё шире. Его пальцы творили волшебство, заставляя выгибаться, тереться об его руку, приподнимать бёдра. Из груди вырывались стоны...

– Лисан... – перед глазами всё плыло, сил терпеть уже не было, о чём я прошу мужа, я и сама полностью не понимала.

Телу нужна была разрядка...

Почувствовала, как его затвердевшая плоть прикоснулась к лону и потёрлась об него. Я сама подалась ей навстречу, чуть ли не хныча от нетерпения... Сейчас сомнений не было и страха не было... Лис, пальцами доводил меня до черты, но не давал возможности получить разрядку, растягивая удовольствие, терпеть которое уже не хватало сил. Это была сладостная мука...

– Не спеши, маленькая, – прошептал Лисан, снова целуя.

Он накрыл большим пальцем клитор, делая круговые движения, словно высекая искры наслаждения и желания, и когда моё тело забилось от особенно ярких волн наслаждения, повёл своими бёдрами и вошёл на всю длину, замирая и давая мне привыкнуть к себе и новым ощущениям. Я всхлипнула и открыла глаза, вначале пронзило резкой болью, но она быстро ушла, прикрывшись продолжающими накрывать меня волнами наслаждения.

Несколько мгновений мы с Лисаном просто смотрели друг другу в глаза, тонули в них, всё вокруг искрилось, магия и энергия окутывали тёплыми волнами, щекотали, ластились, подпитывали...

А когда Лисан начал двигаться... сознание уже не понимало, где находится, да и это было не важно... Я не думала, что может быть так хорошо... Меня стало накрывать новыми волнами возбуждения и желания, а муж менял угол проникновения и темп...

Низ живота пульсировал, внутренние мышцы сжимались, а тело привыкало к совершенно новым ощущениям, ещё более ярким и невероятным...

Лисан был нежен и аккуратен, он то ускорялся, то растягивал удовольствие, позволяя мне нежиться в его объятьях, тонуть в этом танце любви и стихии.

Самой яркой волной оргазма нас накрыло практически одновременно, тело забилось, я обхватила ногами бёдра Лисана, беря мужчину в своеобразный плен и плотнее прижимаясь к нему, выгибаясь в спине, царапая ногтями его плечи и спину... Из груди Лиса вырвался сдавленный стон. Он сделал ещё несколько толчков и замер, вдавливая моё тело в постель...

Обожгло теплом, которое разливалось по лону, что сделало ощущения ещё ярче, а приятная пульсация продлила удовольствие, покачивая на волнах неги...

Я не принимала противозачаточных зелий, но знала... чувствовала, что сейчас в этом и нет необходимости. Этот вопрос Лисан оставил на моё усмотрение, на магическом уровне. Я сама решу, когда буду готова стать матерью, а пока моя энергетика и магия будут привыкать к Лису, будут совершенствоваться и усиливаться. Магия природы и магия некромантии должны прийти в равновесие...

От этого стало очень тепло на душе, ведь мужу была нужна именно я, а не просто появление наследника.

– Лис, ты невероятный, – прошептала я, целуя его в шею и прижимаясь плотнее. – Прости меня...

Лисан усмехнулся и ничего не ответил. Он перекатился на спину, утягивая за собой и меня, а потом просто прижал к своему боку.

Мы просто лежали в объятиях друг друга и нежились в невероятной неге и блаженстве...

В голове проскочила мысль: «Зачем убегала?». А ведь действительно, зачем? Совместная жизнь с Лисаном обещала быть яркой, незабываемой и горячей... Мой некромант оказался не только очень серьёзным и рассудительным, но и нежным, внимательным любовником, заботливым и ревнивым мужем, и невероятно умным мужчиной, а ещё сильным магом...

Такой защитит, решит все проблемы и всегда поддержит, но... всё должно быть взаимным! И я готова была подарить ему свою любовь, нежность, доверие и заботу! Верность!

Don't miss out!

Visit the website below and you can sign up to receive emails whenever Olena Shevtsova publishes a new book. There's no charge and no obligation.

https://books2read.com/r/B-A-OCFU-GFASD

BOOKS 2 READ

Connecting independent readers to independent writers.

Мой мир перевернулся с ног на голову в одно мгновение, я даже глазом не успела моргнуть. Ещё вчера была просто археологом и верила только фактам. А сегодня эти факты упорно твердят, что энергетические вампиры с природными духами существуют! Но вот как принять, что сама я – Хранитель!Осталось только понять хранитель чего? И не только это: как избавиться от вампира, прилипшего ко мне как пиявка и что делать с Повелителем Ветров, ставшим моим мужем, спасая меня от очередной неприятности…Все ответы, кажется, лежат в моём прошлом и все, кого считала друзьями, могут оказаться совсем не друзьями…

Also by Olena Shevtsova

Заповедный лес
Сказки Заповедного леса

Standalone
Кощеевна
Ведьма и медведь
Відьма та ведмідь
Все можно изменить Другая реальность
Искорка счастье тебя найдет
Іскорка щастя тебе знайде
Александр. Среди холодных звёзд
Людина синонім зла
Олександр. Серед холодних зірок
Человек синоним зла
Белое с Чёрным идеальное сочетание
Біле озеро
Дракон на виданні
Дракон на выданье
Хранителька та Володар Вітрів
Хранительница и Повелитель Ветров
Некромант в планы не входит